沒有的生活

言叔夏

目次

▼妻子的貓

目次

輯二　某城的影子

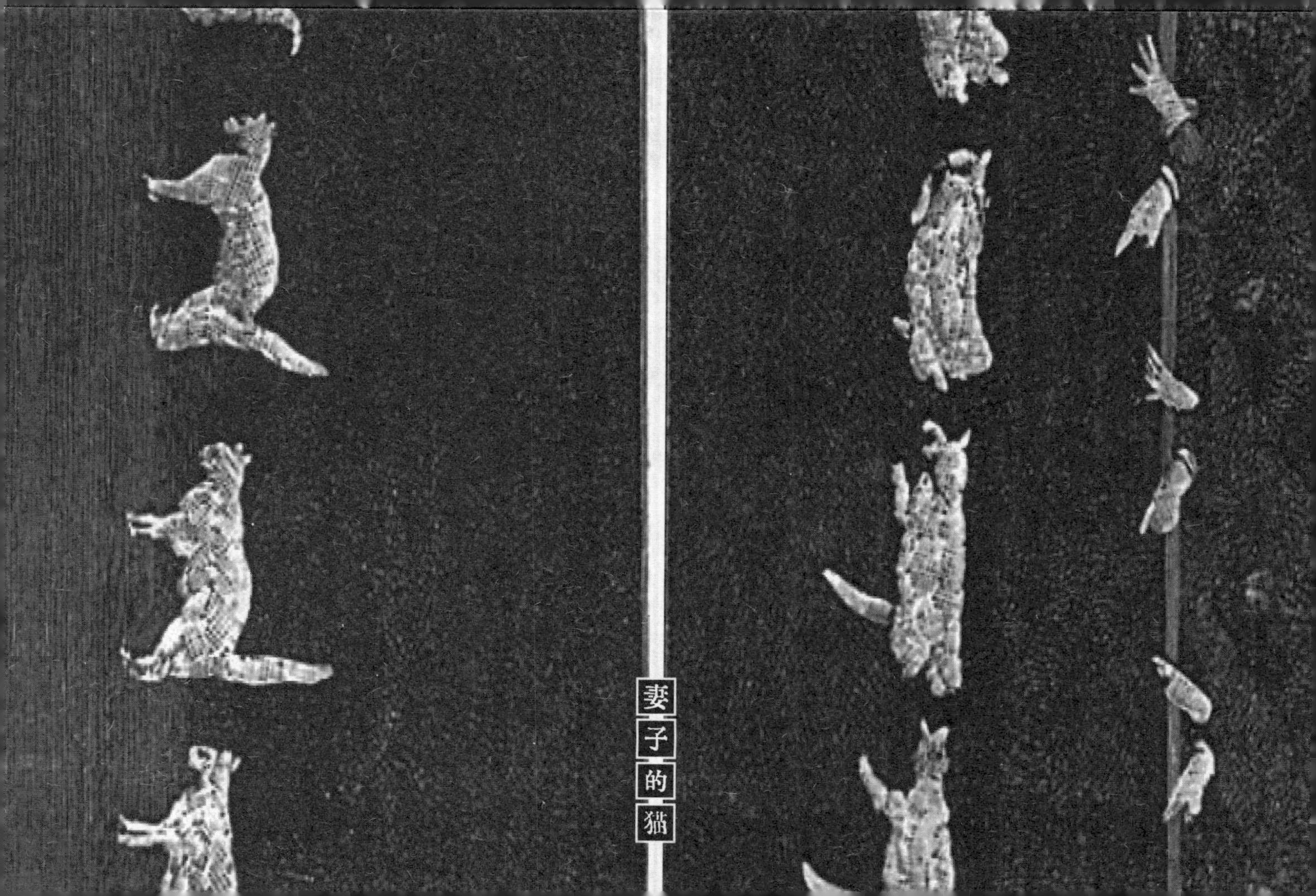
妻子的猫

有一個男人，他的妻子養的貓得了腎臟病，快要死了。男人的妻子很傷心，每天都哭泣。男人出門工作時，妻子坐在沙發上哭泣。男人回家的時候，妻子還坐在那裡。沒有開燈。整個屋子黑漆漆地。他的妻子占據了黑暗裡的一角，看起來像一隻巨大的貓。

男人試著告訴妻子，這貓已經很老了。死亡是必然的，而且貓的壽命本來就比人類短。但妻子並沒有因為這樣好轉，甚至還生起了重病來。沒有多久，妻子就死去了。留下那隻腎衰竭的老貓。因為妻子的死來得太突然，男人有點無法接受。於是在妻子火化之前，他就偷偷剪下了妻子的一截長髮，放進喪服的口袋裡。

男人依然每天出門工作。他出門時，那隻貓坐在沙發上盯著他。他回家的時候，那隻貓還在那裡，房子理所當然沒有開燈，黑漆漆地。男人在玄關邊脫鞋，邊輕聲叫喚著貓的名字，可是黑暗中，貓沒有應答，甚至連尾巴也沒有揮動一下。男人想，貓會不會已經忘記自己的名字？這隻貓只有在妻子叫喚牠的時候，才會表現出親暱的樣子。而妻子死去後，牠經常一動也不動地趴在屋子的角落。

貓的醫生告訴他，牠的病情很危急，且沒有可以治癒的藥。這個期數的腎臟病通常拖不過九十天。可是妻子死去第九十天、一百天……許多天過去了，貓還是好好地活著。偶爾嘔吐，腹瀉（這些都是腎衰竭的病徵），牠都在砂盆裡解決，從沒有帶給他麻煩。也許貓的身體太小，所以即使腎臟只剩下百分之十的功能，也能維持基本的運作吧。理論上這是不可能的。於是男人想起妻子活著的時候經常對貓說，下輩子請跟我結婚。男人想，貓可能不知道妻子已經死去的事。

有一天，男人要出差工作，不能沒有人照顧貓。於是男人工作上的一個女同事就來家裡照料牠。那女人的頭髮很長，有一頭棕色鬈髮。男人從南部回來的時候，女同事已經回家去了，但男人卻在浴室裡發現一條髮帶。他把髮帶放進包包，想在隔天上班時還給她。但這時貓卻一反常態地走過來，鑽進他的公事包裡，把那條髮帶叼

輯三　天黑以前

「之間」的風景——讀言叔夏《沒有的生活》

韓麗珠

記得在某個冬日的早晨，讀著《白馬走過天亮》，多風的上坡道、窄室裡的隱居、林投樹上的貓屍體、祖母嫩粉如嬰的遺體、失去所有玻璃窗的房子……雜沓的意象像雨灑落，翻攪著心裡沉澱了多時的事。翻著書頁，我感到自己坐在一輛車子上，窗外是作者布置的風景，車子穿越了黯黑的山洞，密雲的天空，多風的曠野，我從車窗上看到自己的倒影。

讀著言叔夏的文字，總是無法把那些文字歸到任何類別，因為任何類別也不盡準確，或許，她的文字屬於許多的「之間」，例如，公共與私密「之間」、小說和散文「之間」、小說和詩「之間」、黑夜和白晝「之間」、幽暗和清晰「之間」、文字和電影「之間」、能說和說不出「之間」……對我來說，無數的「之間」編織成了她的文字之魅。

我沒法把她的文字讀成散文，因為，她總是擅長擷取「真實生活」然後製成標本。從她的第一本文集《白馬走過天亮》至《沒有的生活》，熟悉的人物一再登場：離家出走的爸爸、孤獨背起沉重的家的媽媽、充滿神祕智慧的祖母和親近又疏離的妹妹，他們共同建起了在文字之間陰雲密布又時而閃現瑰麗彩色的氛圍，然而，那卻並非某種約定俗成的家族夢魘，而更近似於一個詭異而耐人尋味的童話，原始的童話色彩斑斕同時非常殘忍。某種殘忍能道破真相，因此，有時候，殘忍容易令人沉迷。

我總是記得，那個在〈無理之數〉（收錄於《白馬走過天亮》）中出現過的爸爸和媽媽。屬於爸爸和媽媽這兩個人物的身影，並非由堅實的個性組成，而是，各個分裂的片段，藏在心的底部的回憶醃製品。例如在〈無理之數〉中，那個留下一堆債務然後離家出走消失不見的爸爸，多年後毫無先兆地跑到女兒的大學，藉詞借款，女兒卻回想起，這個爸爸曾經每天下班後教她各種艱深的算術題，直至升上高中之前，卡在一道無法繼續前進的複雜開方根裡，終於承認他讀書不多，再也無法教她什麼了。她忽然明白，那原來就是真正的道別。

直至《沒有的生活》，爸爸再次在另一個回憶碎片中出現，一個在假日常常帶著女兒爬山的人。在〈刺點〉中，作為女兒的敘事者，走在一條狹窄的山路，腳下的路愈來愈小終至沒有，她下意識抓緊前面的父親的衣角，一隻手伸過來牽著她走完全程，在光亮處她才發現，一直牽她的其實是個陌生男人。所謂「父親」的原型，在不同的人的心底裡，折射出不同的倒影，端看作為原型接收者的人，如何解讀各個回憶的片段。在記憶中，所有饒富意義的刺點，本來就是一種執念和情結，組成了關係的繩索。讀到〈刺點〉中，被錯認作爸爸的男人，光潔的笑臉，我想到父親的原型一旦被視作一張照片移開，每個人或許都會發現，自己的父親原來從不是自己所以為的那人。

也是在〈無理之數〉中出現過的，騎著摩托車載著敘事者女兒穿梭各個村子的母親，到了《沒有的生活》，在成年女兒相繼遷居後，她獨自守著老房子，偶爾在與敘事者女兒通電話的時候，說出以下的對話：

「別吃那邊的野菜。野外的東西都有毒。」

「還有，別在貓面前換衣服。」

「為什麼？」

「那還用說，當然是因為人類無法知道貓到底看到了什麼啊。」（〈野菇之秋〉）

這讓我不小心笑了出來。在文字之間某種猝不及防的幽默，或許跟言叔夏如迷宮般精緻的意象運用，其實出自相同的源頭。

「洞」是她喜歡使用的意象。她筆下的洞，曾是敘事者始料不及的陰影，她以為既然把蘋果從桌子上挪開，並不會在桌上留下任何影子，那麼，把爸爸從心上移開，理應不留痕跡，不過，爸爸留下的洞卻一直被吹進呼呼的風（〈無理之數〉）；洞是，敘事者曾經獨自租住過的不同的穴居的房間，洞也是，祖母所形容的人的身體，「只要呼吸，孔嘴就會發出嗚嗚的聲響，讓神聽見。」（〈鬼魂與觀音〉）

洞是，圖書館的深處，也是敘事者到大學教課，那個位於地底的課室。

洞是什麼？就是包裹在世界凹陷處的另一個世界。言的文字，其實也像從洞穴傳出的聲音，有著很深很遠的迴響。

我記得某年的初春，在香港一個關於寫作課的研討會上碰到言叔夏，她的演講內容，正是她從寫作課的學生到寫作課的老師，其中一些深刻的片段和反省，其中談到她在寫作課上播放的電影。我總是認為，看一個人怎樣編排他的寫作課，就會知道寫作在他心裡的橫切面。

而電影，其實也是洞裡發出的微光。《沒有的生活》布滿了電影的痕跡，《他人之臉》、《無言的山丘》、蔡明亮、寺山修司、《田園に死す》……但留在我心裡的，卻並不是這些片子的名字或情節，而是書中的文字，以電影剪接般結構，把處於真實和虛假之間的事件，類近洞穴電影的方式接合。例如〈冬的圖書館〉，開首的畫面，就是河堤旁的圖書館，面目神祕，名為「梅」的女管理員，給敘事者指引一本書的位置，在另一所圖書館。敘事者沒有按照她的方式尋找，只是在如洞窟般、人煙稀少的圖書館內漫步，終於找到藏在心裡的中學裡的圖書館，她在書、書的作者名和內容之間，放空和埋藏。

或許我喜歡的是這樣的文字的節奏，在小說和散文之間，在現實和虛構之間，在親密和疏異之間……我恍惚可以搭上一輛開往不知名方向的列車，車窗外，有作者在洞穴裡編撰的風景。

韓麗珠　寫小說，曾出版《空臉》、《失去洞穴》、《離心帶》、《縫身》等，亦著有散文集《回家》。

輯一　地平線

坂上之冬

冬天到了就想把房間埋進坡道裡，種子一樣地過冬了。或者將車子開著開進了河道裡，讓河底蘆葦掩漫了我。冬天裡的心底總有幾根觸鬚是不著邊際的。它們腳尖一樣地往下蔓生著地底般的藤蔓。不到季節的一半，是觸不到地的。這樣的日子闃靜無聲，適合祈禱：最好什麼人也找不到我。電話永遠止息。永遠靜音。永遠不在通訊軟體的線上顯示痕跡。朋友間談起（當然是傳訊）：啊她大概睡覺去了。不知現在做些什麼呢。彷彿談論一隻地底動物。這樣活在一個誰也不知道的次元裡，感覺米心一樣地被凝固在什麼的裡面。半透明的薄膜外，傳來窸窣的交談聲響。是冬雨在晴朗的夜晚，終於被低氣壓的雲帶，帶到了我的窗外罷。冬天的夜深起來像有指爪長長地刮過窗玻璃，留下一道細細痛痛的什麼。

細細痛痛的是什麼？大抵不會是回憶。三十數歲談回憶，往前與往後都是尷尬。它像是冬日夜晚暖爐旁的糖塊，烤得融的是糖霜，烤不融的則是冬雪。而我知道冬日之後的春陽必會融刷掉表層的霜雪；融掉以後，還有更深更硬的積累凝固在那裡，年復一年，要用一整輪季節的時間來傾軋。

但冬日，卻真正是屬於回憶的。回憶裡最深最硬的冰層，凝凍著白堊紀的長毛象。亞熱帶的島上沒有冬雪。我能喜歡的冬日是灰撲羽毛般的陰天，鴿樓一樣地從早晨乃至傍晚將整個屋子兜頭罩下，一整天就有了那種低頻率的無時間性。走到哪裡都像有一隻黑鳥尾隨。那使我感覺一日裡就都拖帶著一個昨夜的夢在白日行走。冬日的早晨裡我蓬著頭髮起床，在暖爐邊燒一壺水。而後的一日，就這樣在睡衣的外邊披著毛呢厚外套，踩一雙舊毛襪在街上走過來走過去。買菜。吃食。上洗衣店。搭一小段電動巴士回到坡上的屋子。因為那冬日的大鳥羽翼般地遮蔽了我的側臉，使我無論走到了哪裡，都像是隱形一般地，適於發生一些小說背面的故事。譬如跟蹤一個車站出口的女人回家。譬如沿途依指示擺放電線桿的位置。

冬日裡也有幾個喜歡的詞，攤上水果那樣地帶回家，放在枕下孵著。一枚十元成本低廉地養大再養大。等春日融了帶上市場去賣，養小雞似地。一年的幾個季節之中，唯有冬季，使我感覺自己真正是個賣字維生的人。在暖爐前烘著烤著一塊兩塊字詞，手藝人那樣地將年糕烤至蓬鬆酥軟，薄且透光。譬如可以花上一整個冬日去凝煉一個喜歡的詞叫做高原。在冬日裡，談論高原完全是一件時間性的事。與地理無涉。與地形的演化分布亦無涉。它像是一個終年不斷旅行的旅人，在歷經了一整個冬日的長久跋涉後，終於抵達的最後一個上坡，來到一個一望無際的平坦曠原。往前與往後，沒有山稜，沒有房舍。

是在這樣無時間性的冬日裡，公寓被懸宕在一座坡道上，回憶也是。十二月裡風乾所有懸吊的一切，使我感覺自己即使擁有回憶，也是一個乾淨得一無所有的人，可以用心上尖尖的鉤子把自己懸掛在陽臺。電視機的天氣預報裡有一個女人說話的聲音，透過電視音管的雜訊唰唰，顯得窸窣。她說：北極渦流嚴重溢出，西伯利亞等地急速冷凍。西伯利亞在什麼地方？一整個下午，就有一個漩渦在我的腦海中轉著。女人的聲音不知消散到什麼地方去了。

但這些終究是冬日裡蒼白的話語。有時我想，和冬日有關的一切，僅只是因為它是如此暗示著各種終結。一年裡總有一座懸崖吊掛在季節的最末。離開一張書桌，在洗衣店，我投幣等待三十分鐘的滾筒，靜謐地將白日壓輾過去。我喜歡在冬日黃昏的洗衣店裡，安靜地將一日的話語傾倒與清洗。冬日的衣服不怎麼髒，於是那樣的清洗，只是一種每日的練習；關於這個冬天裡的今日與昨日，還有那不斷重來的明日，衣袖交纏著衣袖，像是手勾著手，在洗衣機翻湧的透明玻璃裡，纏攪在一起。今天是星期幾呢？黃昏的天色很快地傾塌了下來了。有一瞬間我不知道自己是身處在一條坡上，還是一座空曠的高原，因而忽然感到空氣稀薄了起來了。冬日裡總有一些無關緊要的問題，不用手指滑過螢幕，是不會流星般地在日子裡留下光痕的。有些臉也是。

「你那邊幾點？」

幾年沒再看過蔡明亮的電影，我以為我的「蔡明亮時間」早已停了，停在大世紀戲院拆掉的那幾年，停在淡水線仍筆直地穿越古亭、公館，抵達城南時的鐘面。那筆直裡有一種儼然，像上世紀地層的某種沉積。捷運的地底車廂轟隆隆開輾過來，又轟隆隆地開輾出去。軌道日日摩擦，發黑且熱。有些什麼被硬生生地活埋，有些什麼成為出土陳跡。而羅斯福路以南，有幢二輪戲院，隱晦地夾在樓與樓的隔層間。冬日的蕈狀雲帽子一樣地籠罩這個城市時，我像隻鴿子一樣地躲進了那夾層的放映室裡，拉攏了大衣的領口。那老舊的漆黑盒子是一口井，適於將白日深埋，然後在黑盒子裡長出一棵樹來。白日裡所有人都去了哪裡了？和我一樣躲進一建築物的肚子裡，用各種天花板將自己遮蔽？咖啡館，電影院，辦公樓，百貨公司，地鐵車廂……正午的黑暗在電梯裡摩挲滑移，攀升與飛落。電影結束，天花板的昏黃燈光亮起。那甫在電影裡死過的女子，明日又將在同一個時間裡再死一次。我走出洞穴般的放映室，感覺迎面而來的刺目的白日光線，河流一樣將我消融、吞噬。

二輪戲院的票口總有一個賣票女子。沒露出臉孔，只從小窗的縫隙裡張望出一對眼睛來。多年以前看了《美麗在唱歌》，我也曾想過中文系畢業以後就成為一個賣票女子，終生在一個小窗裡兜售各種故事。這個想法如今想來浪漫得不可思議（且被我的友人諸君笑謔多年），甚至連賣票女子的時薪幾多也全無概念。或許只是因為那窄小票口裡所透露出來的一雙眼睛，讓人感覺故事的氣息。年輕的時候，我老分不清小說家和小說裡的人物，究竟有什麼區別？或許那些年裡，我想成為的並不是小說家，而是小說裡的人。

真正在城市開始生活，工作，才知道那「票口女子」在社會的各種行業分類被歸為「服務業」，賣的是東西，而不是故事（但近年來許多地方比如火鍋店也賣起故事了）。一部電影和世上任何貨物並無二致。且在資本主義的輸送帶上，那電影本身和這小窗裡的一普通女子乃是無甚關係。輸送帶啪搭啪搭的起落聲響。斷裂。斷裂。還有斷裂。罐頭與罐頭之間的斷裂，就是你和你自己唯一的相關。真正產生關係的只有電影和電影自己。我的志願其一充分顯示了文學院學生的不諳世故，其二則暴露了我的認識論技術：世界的真相是一條繩索，在第一個打結處標誌記號，那麼沿著繩索摸索到了第二個打結處，我們就能辨識出第一個結的意義。我想我著迷的是始終是第一個房間。房裡的女子叫做美麗。晴日在屋頂歌唱，雨日就把頭埋進沙堆裡哭泣。偶然遇見另一個也叫做美麗的女子，彷彿鏡子裡美麗的自己。

這些放映室都像一種起源。像上世紀光裡一個逆光撫掌前行的起源。沒有邏輯與輪廓。創世紀的神話如此任性，誰都知道神說要有光，於是就有了光。我記得第一次在十八歲的放映室裡，看到了蔡明亮的《河流》。電影開頭是另一部電影，蒼白的畫面上不知為什麼河裡要浮一個人上來，也不知道這個浮上來的人上岸以後，脖子為何竟歪斜了。歪脖子的男子騎車時，他父親就在後座扶著他的頭。投影機的光束河水一樣地自我們上空流過，擱淺在放映的布幕上。爾後電影進入了一個隧道般的黑暗。收音麥克風收進的是放映室外的日常喧聲。我應是做夢去了。夢裡的聲響窸窣。恍惚間醒來時，一切都靜極了。漆黑的布幕裡隱約看見兩個交疊的男體。水流的聲響嘩啦啦啦啦。燈亮。父親苗天給了兒子一巴掌。河流便安靜下來了。

那樣的電影是什麼意思？有時我隱遁進城郊的一座老舊電影院，看一百二十分鐘電影裡的人走路，吃飯與便溺。安迪・沃荷的命題：為什麼我要耗費一段和現實等長的時間，在一個虛構的故事裡？不為故事，只為了等待？等待時間過去。等待帝國大廈的一天齒輪亮了又暗，光影打在黑白的窗格上，既像是光，又像只是抹擦塗白一樣。在電影以外的其他地方。那既是影像之內也是影像之外的同一個街衢，我與電影裡的人，走來走去都像是走在同一個城：哭泣的女人。廢棄的工地。來不及抵達的九〇年代的臺北城。新栽矮樹的大安森林公園（如今那些樹似乎仍枝骨細幹，沒有被時間環抱加粗）。抱著售屋看板爬上車頂的女子在這裡用哭聲把電影全部哭完，整整六、七分鐘。哭聲結束。投影機的光束暗了下去。放映室裡的燈卻亮了起來。世紀初的洪水與方舟正從天降落。那雨水上漂蕩的其實不是方舟，而是壁癌臉一般五官掉落的公寓。還有那同一批演員搬進搬出的電影布幕，幾乎讓人分不清這部電影和上部電影，究竟是不是僅只是換過了一個房間，仍還上演著同一個故事？於是那故事如此輕易地便翻越了螢幕的屏障，抵達放映室裡的我，跟隨著我再走一遍消失的天橋，被拆遷的戲院。城市裡的高樓起了又落。重慶南路的秋海棠，某日以後就原地消失了。消失的意思是：不見。沒有什麼會真正留下來。死亡。死亡就是死亡。死不足惜。死不足惜的意思是：沒有什麼會真正可惜你。

「你」是受詞。「你」在那樣日以作夜的傾軋裡，把白天當作夜來活。你想起大四終於要離開那所大學的夏天，文學院的中庭階梯前，搭起白幡一樣的電影布幕。畢業前的露天電影。據說那白布是幾屆前的學姊從葬儀社買來的。不知那布幔是否原是打算拿來覆蓋死人的？夜安靜下來了。在時間裡死過一回的人皮影戲一樣地又在布幕上動了起來。你於是想起了那放映室裡的第一部片。在某些搖晃的年歲裡，你與一些人，真的是那樣河流一樣地匯流在一起的；不為什麼，只是因為河水的流速在人生的某一段航道裡，很自然地把大小與質量類似的石頭，沖積在一起而已。

那樣的放映室，三角洲，種子一樣地被遺留在某一天，隨著你二、三十世代間的小型遷徙，動物般地被演化的鋒刃削去，最後退縮成為你腳下的一方斗室房間。這次搬遷你又有新的房間了。即使每個房間，都像是上一個房間的膨大、縮小或變異。你會否還記得搬進臺北的第一個九月，雨幾乎是從你踏進這城的第一步開始便大滴大滴地掉落下來？像一則遙遠的中南美洲小說。一個故事要開始的時候，總有雨聲相互問候：很久很久以後，你永遠會記得你父親帶你去找冰塊的那個下午……故事還沒開始，時差已經存在了。先於故事而開始的時差，像一個幽森的鬼魅。過了十數年才懂得，「你那邊幾點？」其實是一個從不等待答覆的問題。

賣夢的人

晚上偶然重看了敕使河原宏的《他人之臉》。多年前買的片子了。真的是好雷奈的一部片。在Media Player上快轉之際，驚覺幾年以前的自己，真是多麼地耐煩，可以花很長的時間，鼴鼠般地窩在圖書館的電影播放座裡，像守著一個洞窟般地，直至天黑。天黑以後我背起包包，走入校園無邊的黑暗之中。夜裡的風流線一樣地穿過了身體的孔洞，把我針一般地提掛起來。

我常跟學生們一起看電影，在黑漆漆的課堂上。不看雷奈。看一些色彩斑斕的王家衛物事。某次看了一百零一次的令人討厭的松子，影片播完以後教室的燈未亮，黑暗中隱約傳來窸窣的啜泣聲。那聲音既壓抑而隱忍，像一塊石頭沉甸甸地積壓著一整口深不見底的地井。井底隱然有動物。後來我沒有開燈，在黑暗中假裝摸黑講完了最後的五分鐘。鐘聲響了。我說下課吧。學生們便河流般地紛紛流出了教室了。

我從來不知道那聲音的主人是誰。他為何哭泣？但卻有點珍惜這樣的感覺。我第一年教書時，教室在一幢多媒體大樓的地下二樓。加退選結束後課室異動，又往下掉了一樓。原來這幢大樓整個地下有四、五層樓之深，彷彿迷宮。每間教室理所當然地無窗。不開燈時完全漆黑，而且遍布著那種人工空調的奇怪潔癖之感。教室的牆壁永遠刷白，永遠有那種初完工般的簇新清潔，幾乎要嗅聞出幾何形狀的油漆氣味。天花板則一律低矮，維持著一種與日光燈管的極親密距離。不知是否是我整夜沒睡的激素分泌之故，事實上這方正而冷冽的空間裡根本沒有什麼油漆氣味，是那盤根錯雜卻又井然有序的地底空調纜線，讓我有了漂浮於另一無菌而尖銳次元的錯覺。

那是我剛進博士班的一、兩年。國文課經常被安排在早上八點。我那從大學時代即日夜顛倒迄今的惡習，又經常使我在工作了一整個夜晚後的清晨裡，直接頂著漸漸光亮的天色出門去上課。從一個地洞前往另一個地洞，中間必須途經一個曝光且反白的清晨。這段路程像是一段搖晃的隧道。無有危險，且光亮一如普通日常，卻總是讓人產生一種漩渦般的暈眩。捷運關門前的鳥鳴聲。車廂裡昏睡而植物般東倒西歪的高中男生們。還有那從車站出口浮出地表時、一整片曝人的白色光線。這光線往往來得太過奢侈，令人不知所措，且讓整條街道的景物清晰得幾乎像是用刀片割劃出來的。因為整夜沒睡的緣故，我總是有一種背著一整個白日的重量在路上行走的感覺。

我不知道我的學生們是不是也是在這樣的清晨，鼴鼠般地從自己的地洞中起床，梳洗（或不梳洗），攜帶那桃太郎般最終餵食給他動物夥伴們的早餐，駛過一條洪流般的白日隧道，來到這個我們共有的地底洞窟。我第一年教書時正是兩千年過後的第一個十年。第一批學生跟我相差將近十歲，這個差距年復一年地增加，無可挽回，且從無餘地。彷彿從火車的最後一節車廂開始往回走，起點遠遠落後，而終點則漫無所終。十年前我從另一個洞窟房間抵達一堂早晨八點鐘的課，教室的四周都陰翳了。心理系來的老師在講臺上演練催眠：放鬆。放鬆。你的身體是一架自動駕駛的系統。走路的時候，你並不會一直注視著你腳下踩踏的每一個腳步，有沒有真正對齊地磚的縫。

十數年過去，我早已忘記在那堂課上學到了什麼，卻始終記得這段話，像一個夢境邊緣的泡沫薄膜，護持著那段時光裡的所有記憶，形成一種類似邊界的東西。那時我們在那東部遙遠而荒僻的小村大學裡騎車。從谷地的一頭到另一頭，去一幢孤獨的塔樓。那些建築的夜晚迴廊都曲折而彎繞，充滿夾縫與死角。那些黑夜裡教室外的昏黃樹影與燈都搖晃如同水草。我究竟看到了什麼呢？又或者我什麼也沒看到。我所看到的，僅僅只是心上的倒影罷了。寫作的第一堂課，年輕的H老師說，我們來讀羅蘭巴爾特罷。冰點般的空白零度，降落在憂鬱的熱帶。第二堂課的講義封面，努了努嘴角的倔強史陀說，我討厭旅行。我恨探險家。

回想起來，那究竟是一個什麼樣的年代呢？萬事無聲，未有字詞，只能伸手去指。指頭的彼端，黑暗的洞窟教室，H像個魔術師那樣地從帽子裡拖拉出一長串的花。教室上方的投影機裡有一束光，它忽然就河流般地傾斜灌注進螢幕了；碧海藍天。四百擊。哭泣與耳語。支支都是碩大厚重的VHS規格。後來我在賴香吟抑或邱妙津的小說裡讀到，才驚覺那根本是九〇年代初復興南路「太陽系」MTV的史前遺跡，被整座小型放映室那樣原地搬遷過來，降落在兩千年後東部小村的學院裡。九〇年代末甫來花蓮教書的H會不會是某種遺族呢？像馬康多村莊裡遠來的一個盜夢的人，偷偷帶走上個世代的整座教養流浪到這東部荒僻的村落，在文學院那凹陷曲折的、彷彿被摺起來的教室裡，一夜一夜地播放。那些片子多半沉默得像是一個晦暗的夢境。像一種集體催眠。我老是看著看著就陷入了睡眠的漩渦。亞倫．雷奈真是好睡。塔克夫斯基簡直睡進了夢的肌理了。但《鏡子》的最末，燒掉房子的那一幕我倏忽轉醒了過來。在空調極強極冷的暗黑洞窟裡，依稀看到教室前方的投影螢幕上，熾烈而燎原的火光。整個教室都是那種燒進了房屋骨架裡的嗶剝聲響。

電影放完，時代才正要開始。沿著夜裡濕潮的植物氣味散步回家。遠方宿舍裡的燈火，正一扇一扇地熄滅。那些影片裡的沉默與激昂，要在很遠很遠以後的未來才懂得；九二一還在枕畔。整座島微微地翻了身，沉甸甸地又睡去了。簡直我的大學時代，就像這個島嶼睡眠時所做的一個夢。夢境的彼端連接到一方電腦螢幕，和一個密碼般的代號通訊：東方小城，不良牛，批踢踢實業坊。夜裡的BBS閃爍著遠方的星光，像一座永不天亮的夜晚。

我年少時代親密的朋友。各式光年以外傳來的訊號。親愛的C與P與O。他們到哪裡去了？被這沒有邊界的偌大校園給整個吞沒？像那個古老的豬籠草傳說。關於一株草吃了一個人又吐出了骨頭的事。又或者被這巨大塔樓給吞沒的人其實是我。是我走著走著就忽然一腳踩跨進了一條隱形的界線，被旋轉門般地轉進了另一個一模一樣的地方。一樣的演員，一樣的名字，所有人都活了下來了，差別是世界的輪廓忽然鋒銳而清晰了起來。每個名字都有了臉孔。

臉書時代。無夢時代。

用一張臉寫一本書的時代。

C是不是早已回到他雲林老家的小鎮、和他的父親一樣，成為一鐵路旁的平交道看守員？我從沒有探問過任何人。只是在每次途經西螺的南下旅程中，總忍不住隔著車窗簾縫間強烈的曝光與反白，瞇眼看窗外飛逝的紅色橋墩。只有紅色的橋留存下來，在幾無人煙的虛構小城BBS站上，變成一抹早已被時代遺棄的印記。終於有一天，這虛擬的黑色城廓會否也終將骨架崩離，被從這光點般的網路平原連根拔起？如同那些MSN上的紅小人與緣小人。某日忽然心血來潮登入，卻發現那帳號早因過久沒有使用，而被系統自動刪除了。

也許它從來就不屬於我。是我借了一個名字用來說了一個故事做的一個夢。醒來以後，我就成為一個偷夢的人到遠方的馬康多賣夢以維生。維生的意思是：活著。一直活著。每個星期三早晨，我都從一個洞窟移動到另一個洞窟，在人群裡維持一種筆直的姿勢；我整理回憶的邏輯，盡量保持聲線的正確與秩序，預備去一個課堂將它們複述。無奈這白日的隧道沉沉烙在背上，幾乎要把身體的邊界蝕光。這見光死的夢境每被曬曝一次就驚嚇得魂飛魄散，彷彿它們其實只是一群無能瞑目的鬼魂。捷運車廂嗡嗡作響的鳥鳴聲。低頭滑著手機的女學生們（如今我也加入這個行列了）。無人知曉的夏日清晨。這班車往景美。那裡的洞窟有幾個早來的學生，或許也正趴睡在那無窗且陰冷的課室。在這樣昏昧的早晨，他們理應有夢。只是那夢裡的景象，再不是我所能理知了。從某個我所不知道的時刻開始，我就被永遠地關在夢外，無能進入，且再不能睡眠。如同多年以前那個夢境一般的電影教室，眼睜睜看一整個時代在螢幕上全部燒光，燒得乾乾淨淨。

一九九九

離家幾年，二十一世紀便過了幾年。某日想起高雄，驚覺那竟真是上個世紀的事了。回想起來，像是琥珀浸泡在一透明玻璃瓶裡，遙遠得幾乎是羊水。羊水裡隱約有個胎印。若在席間拿來談笑：「我記得……」、「我遺忘了。」便常要被人笑話：這究竟是什麼時候，或坐落在哪裡的高雄了。本來「高雄在哪裡」與「在哪裡的高雄」，合該是完全不同的兩件事。然而去日曠遠，混淆在同一個瓶子裡，遂分不清孰是孰非了。又或許它們始終是同樣的一件事。是我像鏡子一樣地安插在其中，將文法顛來倒去，意義悖反，而終使那危殆的主詞也變得可疑了起來。一九九九的時候「我」是誰？我記得上個世紀的中山路走到底（彼時尚沒有捷運那一窟又一窟的地洞），舊高雄車站的站體，帽簷一樣地蓋在筆直的盡頭。我也曾背起背袋，鑽進那帽子「高雄車站」幾字的底部，像自投羅網的麻雀。帽子裡有列火車從遠方開來，轟隆隆地把我載出了一九九九年。

站前橫向的其實是建國路。九〇年代，這裡是櫛比鱗次的升學補習班。放課後積累滿各色制服的高中學生，人人都帶著一日的淤積滯塞在巷弄大樓的電梯間。電梯向上。天花板的日光燈昏昧慘澹。數百人的階梯大講堂。彷彿公路電影那樣長而又長的試卷紙，沒把人帶向遠方，只是吐絲般地纏住了自己。那樣的年少時光是一隻繭。吐出絲息，住進繭裡。窩屈著身體在繭壁的內裡寫自己的名字。圍困自己的竟是自己的十七歲。而或許世上所有的十七歲都是一種作繭自縛。外層的表面光滑如蛋殼。輕輕搖晃，才發現內裡的果核哐啷哐啷作響，發出空罐子也似的聲響，那最重要的核早已乾枯死去，在內裡萎縮成一粒堅硬的酸梅。

繭裡的動物後來去了哪裡？金蟬脱殼也似的技藝。在即將搬遷的火車站前，黃昏的洶湧車潮將南方燠熱的陽光曬成扁平狀，一灘一灘地潑灑在冒煙的馬路上。煙裡隱約升起了海市蜃樓的幻象。據説光與熱的折射能映照出地球彼端的某一座城市，使人看見另一座城裡生活的人。於是這座熱帶的城，便理所當然地在光影上交疊著另一座城了。那遠方的城裡有另一個我。在陌生的街道巷衢走路，上學，睡覺與做夢。那座城會在什麼地方？長大以後我在山本文緒的《藍，或另一種藍》讀到，叫做蒼子的女子遇見了另一個也叫蒼子的女子，兩個蒼子長相、記憶與年齡皆一模一樣，便驚訝蒼子竟沒有殺死另一個蒼子，而是與她交換了人生。也許蒼子從不想成為自己。也許一九九九年，「我」不想成為的也是我自己。

回想起來，那是整個九〇年代強弩彎曲至極的末尾；離邱妙津的死僅過了四年，離野百合崩潰將屆十年。放課後的補習班有人戴起來綠色的毛帽（彼時我亦不明白此城的氣溫需要戴毛帽嗎）。搖晃小旗。坐你旁邊的某男校同學們正在討論遊行的路線，話語裡有柴薪鏗鏘燒斷的聲響。課室裡的空調轟隆轟隆好大聲。你坐在長桌最內裡的位子，低著頭沙沙沙搖著原子筆。窗外是南方長長的夏日。在這北迴歸線以南百來里之處，夏天過後竟還是夏天。一九九九過了以後，會不會永遠只是一九九九？如同那個弔詭且永無解答的算式，n＋1＝n，究竟是什麼意思？

無解的數學習題，長大以後重新領略，竟都像是一則冷僻幽深的哲學命題。新世紀早於解答抵達之前來臨，一年一年地跨過了我的身體，將我的皮膚慢慢弄鬆，使我的腳趾漸漸離地。我想起離家外出念大學初期，某個暑假回到老家，曾到那條路的某棟大樓短暫地打工。二十來歲重回這記憶中停滯在一九九九年的地方，這筆直懸吊的補習班大樓忽而就有了老舊枯敗的氣息。補習班的工作無聊而冗長，人與人的關係荒涼得像飲鴆止渴。沒有多久我就自動建立起眼翳屏障，進入螢幕保護程式。和我一起同時進到這幢大樓裡打工，有一個也非常安靜的外文系男孩。長得十分高。經常穿一深藍顏色的老式棉麻襯衫。我們幾乎從不交談。

只有一日，在樓梯間，他忽然停下腳步，用像是說給自己聽的音量，指著牆上的一幅畫，低喃地說：

「是莫內的《睡荷》。」

我不知道這充填滿升學喧囂聲響的補習班為何選擇在它的走廊掛一幅莫內的仿製畫。也不知道這從未跟我親切談話的同事，為何要特地告訴我這是莫內的《睡荷》呢？也許它從來沒有被選擇。也許這繪有睡荷的一幅畫掛在一南方城市即將被拆遷的老舊大樓裡，一處陰暗的樓梯間，僅是被人當作蓮池潭風景的寫生圖譜來看待。十七、八歲的孩子日日從它金黃色的金屬畫框底下摩挲，發散出幽微的熱氣。從不知那虛擲的，究竟是時間還是別的什麼？沒有什麼人真正在意過它。那是一幅貨真價實的贗品。某日想起，我忽然有點恍然，它就是那「在哪裡的高雄」。贗品一樣的，一九九九的我。

再見。我的一九九九。

從前從前有位KKman

高中畢業的前一年，因為推甄的緣故，我渡過了一個晃蕩的、與聯考無關的三年級。印象中那是九九年的初冬。黃昏的校車玻璃凝結著霧氣的水珠。過完一九九九年的最後一天，下課前有個老師意味深長地說：「西元明天就兩千歲了。」那是市區裡的一所教會學校。校園裡到處佇立著安靜的雕像。我穿著深黑色的運動長褲，遊蕩在教室的長廊外。教室裡的老師說，不要在這裡妨礙別人學習。

不能待在教室的日子，最常窩著的地方是學校的電腦室。因為那電腦室位在校園某棟大樓的深處，離教室極遠，幾乎不會與其他準備聯考的同學碰面。彼時液晶螢幕尚未發明，電腦室裡的兩排走道皆是弓著背的厚實螢幕。主機的開關一按即有嗡嗡的鳴響。極輕微。像是蟬鳴鼓翅。有人告訴我，那是電腦的心臟運轉的聲響。

電腦也會有它自己的心臟嗎?文組的我還來不及明白,那樣的心臟究竟是什麼樣的意思,Windows 95的藍天白雲,忽然就兜頭罩上了螢幕。「網際網路」剛從臺灣的上空覆蓋下來,在我的腦海裡像是有片漁網輕輕落下。「網路上的芳鄰」是誰?是不是真有那樣一位芳鄰,住在我看不見的左邊,可以輕輕踮起腳尖,就去按他的門鈴?

彼時BBS初初架設,鷹架一樣一座又一座地搭架在地平線的遠方。鍵盤裡傳喚一個叫做Telnet的程式,全白的螢幕一行帳號密碼,登入以後,就來到了世界的反面。我從來不知道學校裡有這樣一群人。那是BBS介面尚簡陋的時代。螢幕上每個字都像是火柴排劃出來的。深夜裡水球丟來丟去。信件匣裡常常躺著一、兩封信。那是從什麼地方傳遞過來的?是電腦的心臟寄給我的嗎?電腦的心臟說:你好嗎?我是K。你是誰?我好像在這個學校的某個角落裡,看過你。

叫做K的人,跟螢幕裡的許多人一樣。在午後不開燈的電腦室裡,上站人數只有兩人的時候,黑雲緩慢地飄過了屋頂。電腦螢幕的外面,是南方工業城市的邊陲。港口的煙囪冒出白煙,像有人終日在底下吸吐。白日像沙漠一樣永無止盡,永不天黑,要人駱駝一樣地馱起自己的十八歲。兩千年的夏天就這樣來了，跳繩一樣地過去了以後，什麼也沒有改變，只是天花板的燈光靜謐地暗了下去了。晦暗的電腦室裡，始終只有稀落的幾個人，在因考試的日期逐步靠近，而漸次沸騰起來的校園裡，像安靜的遊魂一樣地彼此漂開。畢業前的最後一顆水球，K說，我考到機車駕照了。要不要一起騎去甲仙的山裡？因為這個邀請來得太過真實，不知道為什麼我唰一聲地倏忽熄滅了螢幕。

離開那個校園，進入大學，我再也沒有在任何一個站上，遇過那個叫做K的人。只有全白的Telnet，很快地被換成了色彩斑斕的KKman，任意門一點就可以抵達上百個站臺（它們如今多數已都成了廢墟了）。它像是一個沒有出口的迷宮，並不通往時間序列上的未來，而是水槽下方的彎曲水管，奇怪地錯接通聯到另一個現在。另一個現在。另一些他人的人生。見過的他人。沒見過的他人。空中浮島也似地，四處都找不到維繫它的繩。邊活著網路時代，邊活過了網路時代，卻也總活不出網路時代。這真像是天竺鼠與牠的滾輪的命題。回想起來，我竟亦是網路時代的白堊紀之人了。如同遠古紀元裡的翼手龍之流，某日振翅，飛過了一九九九年，這才發現所來之處，布滿了蕨類與沼澤。在路途中，偶一加入某共同飛行的隊伍，幾年以後，在現實與虛擬的恍惚之間，忽而不知那些帳號而今都流佚到哪裡去了。是不是也在某處好好地工作、生活，長成一個與我一樣的大人？那些全黑的螢幕上閃爍的光點，像是壁球的折返，寂寞地在兩端來回拍動，並且在時間的流逝裡，逐漸地微弱下去了。只有從前從前有位KKman總也不老，保存著白堊紀迄今的種種祕密的地層。那時的電腦，心臟也是古老的。

一〇年代記

文學史讀久了，幾零年代變成舌齒音，嫻熟地在一條舌頭上彈過來奏過去。有時咬舌，微微滲血，忽而明白這嫻熟早已將人規訓得像一隻安靜的綿羊，乖乖待在歷史的牙間隙。九〇年代念起來有傷感氛圍。八〇年代則是金沙滿地，流了久了，流金也舊成了黃皮。少有人提及的一〇年代則是一個生詞，來不及填充它內裡的海綿，已然吸水泡得凹陷了。一〇年代出生的嬰兒幾稀。死去的老人極少。寡言的少年拿著刀上捷運。有人緊閉雙眼不忍看。捷運的車廂轟隆駛過河底。摩西開海似地。一〇年代，人人墳上一座金字塔。塔裡放著永生的蘋果，永不腐爛。

一〇年代時我在做些什麼呢?印象中總在一條公車道上晃來晃去。快車道上的公車站像島，在某一站靠岸，在某一站駛離，恍惚得讓人覺得那其實都是同一座島。島上一根旗幟，刻滿密碼般的編號。但其實我沒有什麼特別需要辨識的方向。往往是號碼攜帶著我去到城市某一角落，在一地沉降。那些上個世紀存活至今的老舊公寓，鴿樓也似地停棲著陰天，像是舒茲的一則短篇小說。有時父親會斂著翅膀黑鳥一樣地停在一扇窗上，俯視著我。父親想跟我說些什麼？久違的父親像是上個世紀飛來的一個幽靈，安靜而恐怖。

但這種恐怖有時也是過時的。一〇年代的人不談論幽靈。因為新天使的廢墟早已被新世紀的風弭平，耳膜一樣地鼓脹著。洞裡積滿的不是歷史的碎片，而是積累到天邊的垃圾。〈歷史哲學論綱〉的二十一世紀談法：是一列朝向未來前進的列車，載滿貧血的人，被喪屍般的人群追趕。列車每到一站，車窗就有撲上來的人臉，緊緊貼著窗玻璃，將五官擠兌得逼仄。他們是從哪一站上來？要吸誰的脖子將眼球刷白去到什麼地方？當時間再也無法產出鬼魂的時候，所謂的鬼魂，只能來自未來。那保羅・克利的新天使目視著歷史，也從沒料想腦後的一雙眼睛，直直地盯著他的後腦勺。

惟有一次，在一〇年代，剛好是中期，又剛好三月的廣場人潮初初蒸散，變成一個包裹的詞彙；我初初從博士班畢業，找工作之際，為了履歷上的一張兩吋照片，踏入了一家老舊的照相館，並且訝異著一〇年代，在一家以攝影為業的店家裡，仍有那樣上個世紀的舞臺布置：暗房。黑傘（我始終不知道作用為何）。燈具。拉簾式的幾種顏色布景。小梳妝臺。這是一個時間終結的場所。古典的巴洛克後臺。在鏡頭前，上一個世紀快門線引爆的聲響，早已凝結成為一個聲音的標本。在那一瞬間我忽然對我被光影捕捉在一張相紙上之事覺得異常悲哀。因為發生的早已發生過，那如同無數張微妙差異組成的連續漫畫之其中一格，是什麼的N次方？

等待照片洗出之際，昏暗的相館裡，有張泛黃海報，大抵宣導數位時代，應多將電腦硬碟與手機裡的照片洗出。海報上有段話怵目地寫道：「你可以想像兩、三百年後的人們，面對現在的我們，是一無所知的嗎？如同中世紀的黑死病。」

倖存的人如何在未來裡思索過去？那垃圾般不斷堆高的世界，最終阻擋了地平線彼端的視線，直到歷史成為了一幅馬賽克磁磚般拼貼的圖景。靠近一看，是壓縮的寶特瓶罐、殘餘、廚滓、因高度壓縮而終成一種難以穿越的鄉愁。所以我們原地奔跑。假設時間的輸送帶跑步機一樣地將我們傳送到未來。未知的來處。

然而，在一篇煞有介事的論文裡，我們仍假設時間裡的鬼魂存在。我們在一套論述的迴路裡旋轉，在每個腸道般的環節裡試圖說服自己沒有留下任何渣滓。每個轉彎都是如此優美。結構性地對稱，如同蝴蝶。一〇年代，現實生活裡的我，搬家，搬許多次家。每搬家一次打包丟棄一些東西。皮屑也似。不敢相信我的衣櫥底部至今仍留著一件中學時期的厚毛呢格紋長裙，隨著我不來梅吹笛手的各種搬遷，彷彿離散又被細索召回的鬼魂。丟不掉的是什麼？過期的衣服？鬆垮的人皮？還是一個換取的孩子？沒有人問過那個破舊布娃娃般的我究竟到哪裡去了。而我日日背著這個影子匍匐前進，搭公車去一個山坡學校聽一堂薩依德的課。有人問起，你最近好嗎？我最近好嗎。這是一個時差問題。如同東方主義。異鄉種植進自己的身體，反問自己：我最近好嗎？一〇年代，相同的是那反覆下著編織般的陰雨天氣，將城市編成了一條冬日的毛毯，上透著寒氣，下則覆蓋著我們不斷發熱的身體。只有雨，雨是從其他的時間裡下過來的。

冬的圖書館

有一個冬天，我一直在圖書館陰濕的書架間穿梭，找一本索書號上沒有的書。為了研究的緣故。河堤旁的圖書館沒有這本館藏，櫃臺裡斑白著頭髮的女管理員跟我說，也許它會在城市裡的另一座分館。

「你可以搭這班公車抵達那裡。」那年老的女管理員指著地圖上的三角標誌，告訴我站牌的位置。女人不是用她手機的地圖APP，而是攤開了一整張色彩斑斕的紙地圖，用原子筆慎重地圈起了目的物。有一瞬間，那些紙上無限延伸卻總是細小的巷弄忽然啪擦啪擦地閃爍了起來。因為城裡實施節能政策的緣故，每隔十分鐘，館裡天花板的日光燈管便陰暗了一個刻度，女人的臉遂在時間的沙漏裡陰翳偏斜了下去了。像地球黑夜的那一面。我不知道女人是否知曉她的鼻梁正像日晷一樣地偏移，用側影遮蔽了自己五官的位置。只知道這是一個年老女子。年老女子胸前的識別證，寫著「梅」字。我心想，這是一個叫做梅的女子。她周身的靜物都海潮般地褪下去了。

我沒有去到那羊皮紙上的地圖，找到那本書，只是遊魂般地在圖書館的每扇窗子，一個洞窟晃過一個洞窟。冬日把這座城封鎖起來的時候，那河堤邊的圖書館，遂在等高壓的線軸上一圈一圈地老去了。老到一個程度以後，它也會進入了無時間性的環帶，土星一樣地讓鴿群停棲在其上。烏鴉鴉地。那使它看起來像一座巨大的鴿樓。樓裡一格一格的小窗，關著的都是鴿子。冬天的積雨雲厚重地包圍了這座陰暗的建築物時，裡頭的鴿子就發出那種果核在空罐裡搖盪的聲響。讓人以為那些鴿子，是不是彈珠般地在這日漸傾斜的建築物裡滾動，遂發出那既不像叫聲，也不像交談的聲響。

在這樣的冬天裡，有誰還會到這洞窟般的圖書館裡來呢？冬天的風從這古老建物的每道窗縫裡吹來，搖得每根窗框都哐啷哐啷作響，幾乎讓人以為是自己鬆脫的骨架。寒假裡每座圖書館都闃靜無聲，只有空調葉片微弱運轉的聲響，在天花板的窗格裡一齒一齒地嗚咽著。讀書的人都鼴鼠般地在哪個地道裡睡去了嗎？冬日的長假正要開始，而地面的街衢早已空無一人。在這種時候來到圖書館的無非只有幾種人，一種是沒有其他地方可去的人，另一種則是只能到圖書館來的人。還有很少很少的一些人，是真心喜歡圖書館的人。他們最後都分岔音階般地成為了同一種人。比如從很年輕的時候開始，我起先是沒有其他地方可去的人，後來變成只能到圖書館來的人。因為中學裡常有那種一截闌尾般的自習課，淤塞在一日的末尾。敲了鐘我就躲進圖書館深處的洞穴裡，在書架間徘徊發呆，等待一堂空白的課結束，等黃昏的校車緩緩駛來。冬雨針葉一樣地掉落時，整座圖書館的日光燈管就有了那種沙沙的聲響，像有什麼人在窗外拖著長長的裙襬走過來走過去，踩得地上的樹枝啞啞作響。一天真的過去了嗎？那麼為什麼圖書館外的白日們，長而又長地無盡延伸，像是一條看不見盡頭的鋼弦？一天真的過去了。在井底一般的、黃昏裡漸次發暗下去的圖書館裡，我蜷縮著身體，有一種奇異的恐懼，同時又有一種誰也找不到我的快樂感覺。快樂得讓人想要竊竊地笑了起來。

笑聲洞穿著井底的窟窿，變成嗡嗡的回響。屬於少女時代的日子，理應是沒有這美杜莎似的笑聲，尖銳又危殆地剪開一日的邊際，讓什麼汩汩流了出來。在圖書館外，不遠處的球場傳來嗤嗤的笑聲。那笑像是光線自己的聲響，攤在太陽光下熠熠發亮，拔高而尖銳。如此地理所當然。十七歲的時候，有誰會在這光天化日的白日底下，地底動物那樣地掘洞窩居到那地道也似的圖書館，當一個老鼴鼠太太？我曾想過放課後的某一日就躲在這圖書館陰暗書架間的影子裡，誰也沒有發現我的存在。最後一個館員關燈離開後，整座書庫就變成了一個幽深闃黯的洞。窗外有銀薄的路燈灑落，照在書架上像是月光一樣。那些書便從睡眠裡被垂釣了起來（真的有本書就叫做《垂釣睡眠》），像窟窿裡一隻又一隻的魚，發出薄薄的鱗光。安部公房是幽藍色。普魯斯特是琥珀色。卡佛與卡謬都是積塵般的深灰淺灰色。那麼四國森林裡的大江健三郎，就是一種祖母綠了。

但那樣想像中的時光，畢竟一次也沒有來臨過。放課鐘響，我又收拾書包，搭上了返家的巴士，在日落以前將一日終結。中學時代終究在那公路電影般長而又長的試卷旅行中戛然結束了。不識這些書架上的人名，但不保這些人名卻早已在架上識得了我。識得我離家到另一些城市，在更高緯度的地方，城市的各種邊陲，遇見一座又一座的圖書館。那些河堤上或樹林裡的圖書館比我想像來得更老更陳舊，彷彿從有字開始就佇立在那裡，神一樣地低頭俯瞰著井底。但圖書館的神從不慈悲，只是垂降著滿布的樹藤，在地底盤根錯節。那些年少時經過的書與作者，和你現實生活的軌跡像是一則彼此無干、卻又相互指涉的跡線。你以為那是你的人生，你創作的敘事，用你自己的聲線，說那些只有你自己知道的事。很久很久以後，你才忽然理解那些圖書館裡的神，彷彿習題與它的答案簿般老早共存在一起，讓你邊做邊對答案。你所經歷的故事，早已一遍又一遍地被寫完了。有人代替你活過了一回。在圖書館石灰色的暗影底部，你只是重寫，重寫，與重寫。

然而，儘管如此，冬深的時候，我仍會鼴鼠一樣地包裹著自己，到圖書館去罷。在疏落的架上來回地逡巡，找一本索書號上沒有的書。這樣徒勞的事，在冬天裡總是要做上好幾回。畢竟冬天裡的圖書館，連眾神也睡去了。在沒有神的架上找不到這本書，也是正常的。

野菇之秋

秋天到了就想吃野菇椎茸炊飯了。或者栗子南瓜蒸飯也不錯。總之是各式熟爛物事。將洗淨的野菇與薑絲以麻油清炒，放入鍋中與米慢慢炊熟。厚沉沉的土鍋在瓦斯爐的小火上發出嘟滋嘟滋的聲響，從鍋蓋的孔洞那裡，冒著細小的白煙。因為等待的時間還很長，於是可以就著餐桌的一角，把一本書從日暮讀到天黑。

那樣的時候，貓也會來到我的腳邊，毛球一樣地蜷成一圈，不時用尾巴掃著我腳踝骨凹陷的地方。「你在幹嘛？很癢啊！」這樣像傻瓜一樣地呵呵笑著，邊不經意地把書頁繼續讀下去，不久貓便呼嚕呼嚕地睡去了。廚房裡瀰漫著野菇被炊熟的香氣。已經可以吃了嗎？肚子開始餓了。再燜煮一會吧。現在打開的話，米心可能還不會炊透。

米心到底是什麼時候被煮透的呢？在斜斜的日光，正緩慢退出窗外的餐桌時，我不經心地想著。那一顆純白色的米粒，像拭去霧氣一樣的某個早晨，從核心的地方開始慢慢擦拭。玻璃凝結著水珠。秋日的黃昏隱去的時候，一切都捲曲泛黃了。在不開燈的屋裡，書頁上的字，愈發模糊不清了。秋天的天黑下來，就像是從很高的天空滑下來，咻地讓人覺得忽然冷了起來。黃昏的黃從光線裡全部隱退的時候，屋裡只剩下一種很深很深的藍黑色。因為空氣裡那有點寂寞的涼意，還有廚房裡溫暖的食物的氣息，忽然會讓人記取遙遠時期的某個風景。

天黑下來的時候，應就能打開鍋蓋，用飯匙好好地將野菇與米飯拌勻。窸窸窣窣地做著這些的時候，貓亦起床了。在地板上伸長了四肢。忽然走到了我的腳邊，嚴肅地對我發出了喵喵的叫聲。這個下午，牠必然是做了一個只有自己知曉的惡夢。

很想知道貓到底做了什麼夢。貓的夢裡，也有我的倒影嗎？邊翻攪著鍋裡的米飯，邊用飯匙搧了搧熱氣。這些野菇，是母親從南方的老家寄來給我的。母親對於我搬到這樣一個奇怪的郊外房子，存有不很切實的擔憂。總是在LINE裡丟來令人匪夷所思的訊息：

「別吃那邊的野菜。野外的東西都有毒。」

「還有，別在貓面前換衣服。」

「為什麼？」

「那還用說，當然是因為人類無法知道貓到底看到了什麼啊。」

貓會看到什麼呢？而那些秋天的語言，都去了哪裡了？當我說「語言」，我想說的究竟是語言，還是關於語言的回憶？在這漸次變得愈發漫長的黃昏裡，米心總是有一些沒有透的。它們在我臼齒的縫隙裡卡榫一樣地鑲嵌著。不在晚飯後的一杯熱茶過後，對著鏡子用竹籤戳弄，是不會舒坦的。這樣的日子，十月裡總要過上好幾日。

山丘女子

行到北京，地鐵線上有一站叫做蘋果園。那名字讓人想及了Beatles的草莓園，有一種奇怪的美。問了北京朋友是否真有那樣一座蘋果園？他說他是北漂，並不清楚。那麼就當作是有吧。這列車往蘋果園，彷彿就有了一個住在那地鐵盡頭園子裡的朋友。車門喀啦喀啦地關上。地鐵站X光機的輸送帶發出那種嗡嗡嗡的聲響。我的背包經過了一個黑箱子，魔術般地又原封不動地回到了我的肩上。所謂的魔術，就是什麼東西原地消失了，什麼東西卻看起來一點改變也沒有。

很奇怪地，頤和宮附近的老公寓，讓我首先想及的，竟是父親工作的鋼鐵廠。也許是因為那紅磚砌成的樓房建築沒有騎樓，與我童年時常去的父親工廠，竟無二致。想來父親工作的鋼鐵廠遠在南方夏季多雨的高雄，為何沒有騎樓呢？那種非常北方式的、嚴整的紅磚方形屋子，蓋在我童年的線軸上。是誰將它們搬來，布置了南方的棕櫚？又在多年以後的初夏某日，將它們悄悄地搬至這遙遠的北國？

那時父親經常帶我去他的工廠。不為別的，僅只是為了看電影。鋼鐵廠裡有一座禮堂，固定每週放兩、三次免費影片。我的第一座電影院不在市集，而就在父親的鋼鐵廠裡。不知選片的基準何在？李連杰、黃百鳴與林正英是輪番上場的常客（那是港片的年代於是間歇性地亦有噴飛的人肉叉燒包與黑山姥姥），偶爾挾帶著一部兩部的西洋片。有次播映的竟是《無言的山丘》。電影真正安靜得無言極了。不知平日在電視綜藝節目裡嘻笑怒鬧的澎恰恰，為何在電影的布幕裡竟正襟危坐了起來，鼻翼有了陰暗的側影。原來笑是會給臉帶來影子的。童年時的我這樣想著。父親與母親皆睡去了以後，四周靜悄悄地。我在偌大的黑漆漆的禮堂裡，屏住呼吸；投影機的光束灌進了螢幕。蓬頭散髮的女人就在山丘上哭泣了起來了。

我童年時代的雙眼，究竟都看進了些什麼呢？不記得了。只有黃沙漫天的山丘留存在記憶中，遂使那布幕的顏色，都髒掉了似地，可以擰出黃泥的水。像剛剛擦拭過了整桌子的沙塵。電影螢幕的外面，父親穿著藍色的工廠制服，開著老車，在濱海的夜路上奔馳，載我們回家。港口的起重機在夜色裡，遠遠地看起來像是長頸鹿般地，垂吊著它們長長的頸子。兩側的工業區冒著夜裡的火光。若不是玻璃車窗的阻隔，必會嗅聞到那燃燒著什麼不知名物事的嗆鼻氣味，瀰漫在這偏遠鄉間的小路。

離開了無言的山丘，女子的名字原來叫做楊貴媚。講國語的聲音總有一種姑姑腔。好像父親晚年才嫁的小妹妹。在九〇年代的電視劇裡，總有一個喚作招弟或飄紅之類的名字，在鄉土布景的劇本裡走來走去，走不出電視螢幕的四方框框。十八歲的時候，再在電影裡遇見她時，她早已攀過了那座無言的山丘，是坐在大安森林公園裡放聲哭泣的無名女子了。

這些都是碎片。幾無意義，連回憶也稱不上。沒有什麼悲傷或快樂的情緒。如同西海岸那些沿途被工廠與產業道路一路蔓延的風景，沒有浪漫的可能。日後我在東野圭吾的《白夜行》裡讀到類似的場景。關於一座無人知曉的工業小鎮，一個男孩為了初戀殺死自己父親的故事。若是沒有憤怒，一條灰撲撲的海也只是懸吊的抹布。

父親想必不記得這部片了。我曾想過在這每週三次的電影放映室裡，最終留存在父親腦海裡與那段時光有關的記憶，會是哪些電影裡的殘光片影？聽說後來的某段日子，他開車去了某座山丘。在斷了去路的懸崖前倏地收束煞車與引擎。前輪輾過的一顆小石子哐啷墜落崖底，沒有什麼聲音回傳過來。四周靜悄悄地。像一座無底的井。黑暗裡從山谷的底部浮升起一張女人的臉。在擋風玻璃前。那會是誰哭泣的臉？

父親必然亦不知道，山丘女子在山丘上孵著海。海平面底下的礁岩，堅硬透明的結晶。老佛洛依德的冰山。有誰被封存在那冰山陸塊的裡面，連面孔也被折射得崎嶇凹陷？我想起童年時小鎮的山路兩旁皆是滿山遍野的墳，面朝著各種不同的方向。小鎮上死去的人就被埋在那裡，隔年從土裡的頭髮長出草與樹來。那山坳底下一窟又一窟的洞穴，坑坑洞洞的珊瑚礁岩，彼此相連成巢穴。有一個賣空鋁罐做成簡陋燈籠的老婦人，終年石像一樣地坐在那洞口。只要投擲一枚硬幣到她的錢箱，就會得到一個插紅蠟燭的燈籠鋁罐。

老人瞇起貓一樣的眼睛，指著身後的洞口說：

「從這裡進去，若是識路的話，會從另一個所在出來。」

另一個所在。另一條地鐵巢穴般的出口。彷彿若有光。有一種敘事總是這樣。銀河鐵道式的宮澤賢治的世界。盲人摸象般地攀著繩索往下走，以為繩子的方向就是時間的方向。但你眼睛目盲。偶然摸到了繩上倏然突起的繩結，你從沒有放在心上。

終究沒有抵達地鐵終端的蘋果園。如同許多旅行的終點。沒有必然，也就必然沒有終點。路太遠了。而我在某一站下了車，隨心所欲地改變了意志，去到了別的地方。如同河流與它的沙岸。在這異地北國的城市裡，難以揣想點與點、站與站之間的距離，究竟有多長？是我從前日日複習的古亭捷運站乃至臺電大樓，那樣把腳散成剪刀的羅斯福路，一小段一小段被一再剪碎的個人座標？用活過的歷史標注自己懸浮的游標。還有一條地鐵終站的邊境。城市在這裡戛然止步。也許城市它老早就已止步了。是邊境的人一再地重複與踰越。一再地為它譜曲，歌唱，為它種植果樹，採收蘋果。什麼東西原地消失了，什麼東西卻看起來一點改變也沒有。

什麼都沒有的地方

綠色的路面電車，沿著荒川線，駛離早稻田站，帶我擦過沿途的一萬株玫瑰。電車從寬闊的市街駛出，兩旁的房子漸次夾擠，幾乎就要摩擦拓印在車窗上。這是《挪威的森林》裡渡邊君燙過了襯衫，洗晾了衣服，在沒有一點風的日子裡，搭上電車去那北邊大塚車站拜訪綠的秋日早晨罷。「電車緊沿著屋簷奔馳。有一戶人家在曬衣桿上放了十個番茄盆栽。一隻大黑貓在旁邊做著日光浴。耳邊也傳來石田亞由美懷念老歌的旋律。甚至聞得到咖哩的香味。」在一九八九年故鄉版的小開本裡，村上詳細地這樣寫著，淡淡地擦上了水彩色。

真正搭上了荒川都電線，沒有聞到咖哩的香味（理論上是不可能聞到的），卻也能明白電車上的渡邊君，能清楚地數出「十個番茄盆栽」這一數字的理由。電車很胖很慢，在老街町的路面上叮叮咚咚地響著，很耐煩地「我來啦我來啦」那樣懶散地告訴著路上的其他人。請快讓讓請快讓讓。有一個騎腳踏車的少年擦過我的窗前。他穿著紅藍細格紋的襯衫，袖口謹慎地捲著，像要去某地打工的樣子。他的單車很快地劃過了車廂，在某個路口後，火柴般地轉彎了。這時我才發現車窗外秋天的天空是如此地遙遠。那樣的藍色好像一種遠得觸摸不到的物質，懸宕在洞穴一樣深而安靜的天空。

假日的電車非常安靜。或許是因為許多人都還在沉睡吧。假日出門遊玩是屬於千代田線或銀座線的事，荒川線好像不屬於這一類型。只有一節的短胖車廂，很懶散地在電車路上攤過來覆過去，安靜得像東京這城市角落裡的一顆琥珀。車廂裡有種睡眠的氣息。暖氣暖呼呼地。廣告海報。老人院訊息。骨科資訊。納骨塔優惠。伊豆溫泉之旅。全都是此類散發老人斑點般的黃昏顏色，很不搭嘎地被布置在這一早晨的車廂裡了。車廂空蕩蕩的，只有那戴著灰褐色絨帽、提藤織編包進城去的老婦人們，秋日的雕像般地端坐在綠絨布長椅上。我很小心地偷看著。發現她們也正好奇（且笑瞇瞇地）用貓一般的眼睛打量著我。目光短暫地碰觸到的瞬間，她們跟我投來一個彎月形的笑臉，隨後便謹慎地回歸到雕像狀態了。

雕像們在大塚站抵達時紛紛起身，準備叮叮地下車。是一種雕像的秋日集會吧。她們要去什麼地方？做些什麼呢？我忽然想起這是有過「小林書店」斗大招牌的地方，竟因此而感到飢餓了。在小林書店的二樓廚房、用買胸罩的錢去買玉子燒煎鍋的阿綠不知道還住不住在這個小市鎮上？「關西風味」比較清淡這件事，也是阿綠告訴我的呢。

我跟著雕像們在大塚站下了車。下了那小小的島一樣的小小的月臺。跟人群一起踏進了這名叫大塚的地方。真正來到小說裡的地方，理應要有一層濾鏡覆蓋街道，將街上的屋子與人們染上一層虹膜似的色彩。但現實裡的大塚，真是一個與東京其他市區沒有什麼差別的地方。甚至還要來得更加普通，更加蒼白也說不定。也許在小說裡那即已是這麼普通的一個場所了。渡邊君說：「街道兩旁的商店街看上去冷冷清清地，建築物老舊不堪，裡頭也不甚明亮。有的甚至連招牌上的字都已模糊難辨。」啊有這麼糟糕嗎？如今的大塚離八〇年代已很遙遠了。但那「什麼都沒有」的氛圍某種意義上或許從那時就已滲透進這座市鎮建築物與人的肌理裡，被遺留了下來吧。

沒有帶水仙花來拜訪的星期日早晨，我沿著車站前的路，沒有方向地到處亂走著。或許會在這裡遇見鐵門深鎖的「小林書店」?即使是同名也好，那樣的話，我一定會走進去問店主，您一定也認識那父親(沒有)去了烏拉圭的阿綠吧!

然而，就如同那首歌所寫的那樣:我想為你做一道菜，但是我沒有鍋子。我想為你織一條圍巾，但是我沒有毛線。我想為你寫一首詩，但是我沒有筆。什麼都沒有的大塚，真的是什麼都沒有啊。我從廣場繞進岔路，在一條不知名的街道上，尋找著一個地圖上沒有的地方。那就像是鴕鳥把頭埋進了沙堆裡。在那秋日既高且遠的天空底下，倏地發覺，自己究竟在這裡找著什麼樣的東西呢?

那時我忽然想起了久未聯繫的Y君。想起十五歲的時候，是Y君借我的《挪威的森林》，針一樣地引領著三十歲的我，流竄穿梭到這裡來的。這個什麼都沒有的地方。在十五歲的中學畢業典禮結束後，我搭上88號公車到車站去，買薄薄的月臺票穿過地下道，抵達了Y君那位在後火車站商店街裡的家。那是一個屋簷低矮的老式皮鞋店，店裡充滿著皮革的老舊氣息。她那十分瘦小清癯的母親從店後方的櫃檯裡抬起頭來，用貓臉般的微笑告訴我，Y君出門去了。我從書包裡拿出了那本《挪威的森林》。

「請幫我將這本書還給她。」

Y君後來跟我說，那時我真的以為我們以後不會再見面了噢。

為什麼呢。我問。

因為在畢業典禮結束後的下午，收到一本借出去的書，感覺就像是在說，已經全部都還給你了噢。Y君說。那種感覺，就好像你明天就要出發去很遠很遠的地方。

沒有的生活

記不得那清晨入睡、午後轉醒的日子，究竟是從我年輕時代的什麼時候開始養起的。像養大一個孩子那樣地，白晝的日子漸漸矮小，夜晚慢慢長高。直到後來，照鏡子的時候，我就忽然有了一個臉面漆黑的孩子，陰影般地黏附在我的面孔上。像是夜晚的胎記。那奇怪的惡習起源，如今是怎樣也想不起來了，只記得閒散無課的大四時代，我幾乎是把一整年的白天給大肆睡掉的。這個惡習持續到了研究所時代，至今仍跟隨著我，使我在亮晃晃的白日底下走路，都感覺背負著一團黑色的影子。有段時間我背著這團黑小人到事務所去，工作，排隊，辦事。感覺五臟六腑都疼痛了起來。

別人並不知道你背上的這團黑影子，只當是這個城市慣常陰霾的天氣。誰也不在意誰的心緒。可是那黑小人煙霧一樣地阻隔在你與他人的話語之間，遂使那話語聲響底下的意義，都三角鐵的尾音般地分岔了。白日裡的世界持續運轉，並不會因為你的作息而調整。於是我的掛號信件被耽誤，且永遠無法在郵局開張的時間去領取，工作電話始終接不到，下午茶失約（日久遂漸漸沒人在這時間約你出來談事吃食），醒來時圖書館常已趨近關門。夜晚我像小偷一樣地搬運那一綑又一綑逾期的書到圖書館去，一本一本地將它們餵給還書箱吃。因為每日都是由每個半日組成，我老是搞不清楚怎麼理解「今天」這個詞彙。午夜十二點過後，究竟該算在今天還是明天的帳上？於是在深夜回覆那些信件匣裡耽誤的郵件，鍵盤敲打到「今天」這個詞時，總有一種忽然陷掉進日子夾層的迷宮之感。

蟄居河邊的老舊公寓時，這樣的惡習達到了極致。學位論文寫到擱淺。我日日坐在陽臺對河發呆，唱歌，想念一些遙遠的人，為著不著邊際的事物哭泣。今天與明天的交界模糊，輕易地就被午夜給跨越了。那時我最常拜訪的是橋邊的便利商店。有三個圓臉蛋的胖店員總是輪流值著午夜的夜班。因為長相的緣故，我總分不清她們其中的任何一個人。因那木柵深處的深夜裡什麼吃食也沒有，那便利商店架上的便當與麵包便被我一季吃過了好幾輪。我那長時未修剪的一頭亂髮紮成一條凌亂的馬尾，戴深黑色大近視眼鏡，拖一雙陳年破爛老勃肯鞋，出得門去，在凌晨三點的斑馬線上旋轉著過馬路。感覺一種踐踏，同時又在踐踏裡感到一種揮霍的自由。

那樣的自由是無可言喻的。是雙腳穩穩踩踏在一條安靜的路上，傾聽鞋尖踩踏著整路哐啷哐啷碎石子聲響的自由。不是人生裡任一由金錢、學業、工作與飛行里程航數堆積起來的數字所能比擬。沒有信件。沒有旅行。沒有多餘的話語與交談。只有日復一日流淌過陽臺下的河流，在夏季颱風來時倏忽地暴漲，在冬日裡乾涸。

日子久了我漸漸理解這樣的生活其實無異於盆栽。沒有長大的野心，也沒有換盆的願望。在一般人眼底，它甚至顯得乏善可陳，沒有過多關於文學的浪漫想像。因為過短的白日生活，我幾乎不上咖啡館，不去書店與電影院，不在房子以外的任何一處讀書寫作。離寫作最近的大概是放空，大量的放空，在漫長的白日裡我把自己放置成一個空空的容器，什麼東西都裝得進來，卻什麼東西也都沒有裝盛。那樣的生活是由大量的「沒有」所堆疊出來的。而因為這許多的「沒有」，我從來沒有像那時那樣真正地感覺過自己的富有。

在這個城市裡，有多少人和我一樣過著這種「沒有」的富有生活呢？我想起住在那老舊公寓時的一個女學生鄰居。很少出門。戴著圓圓的近視眼鏡。很是文靜的樣子。那個房間在我租賃下這裡時曾經被房東帶進去看過，是一個沒有窗戶的密閉空間。她搬進去以後沒有多久，我老是在深夜的走廊上，看到她的門口擺放著喝完的水果酒空罐。那個罐子的擺法非常含蓄，像手指緊緊併攏地貼在牆角，而且從沒有擺放超過一罐過。那不是為了悲傷或煩悶而喝的酒。那是一日一瓶，像盆栽植物那樣澆灌自己的水酒。

這樣「沒有的生活」，在告別了學生時代、進入白日的工作以後，被很物理性地轉換成另一種形式。博士班的最後幾年，因為工作的緣故，我搬離了那河邊的老公寓，移居到城中的另一座樓。那樓在喧鬧的捷運站旁，兩側皆是儼然的寫字樓。只有一幢兩層樓的破舊屋子，極不搭嘎地坐落在大樓與大樓的中間。那屋子的騎樓有一棵年老而巨大的樹，長進了騎樓天花板的屋裡，在屋頂竄冒出樹冠來，像極了那屋子頭上戴的一頂假髮，被四周的公寓大樓環視著。屋子的一樓其實是一家尋常便當店。午後便當屋的鐵門拉下半掩休眠，像把整家店都收進了那樹的肚子裡。

有一日的傍晚散步途中，途經那旁側的大樓，底下聚攏了人群。還有幾臺電視臺的採訪車。幾日以後我才在深夜重播的電視新聞裡，看到了熟悉的街景，還有便當店夫婦哭泣的臉。是他們親近的誰的孩子從附近的大樓失足掉了下去了罷。是一個夾雜在一日的各種災難之中，很快地就被沖洗掉的微小事件。我感到在那一、兩分鐘的新聞播報裡，有些什麼曾經離我非常靠近，卻明確地知道它早已真切地是十分遙遠了。我想起有段時間那便當屋確實默默地關上了幾天。在白晃晃的夏日豔陽底下，遠處傳來修路工程的喀啦喀啦聲響。空氣裡有新鋪的柏油氣味。我踩踏著一條日復一日的黃昏巷道，去買回重複而無聊的吃食。像一隻貓舔毛般地將那些食物緩慢地吃完。整理自己分岔的毛髮。

那是他人之死。他人的日常。他人持續的人生。如同我的。然後，在某年的夏天結束以後，我就搬離了那座樓，帶著我那其實一無所有的老舊家具，不來梅吹笛手般地到另一個城市去了。像一個注定要被這城市每日新長出的植被所覆沒的故事，包括我曾以為我在這裡活過的證明。沒有什麼被留下。什麼也沒有。

輯二 某城的影子

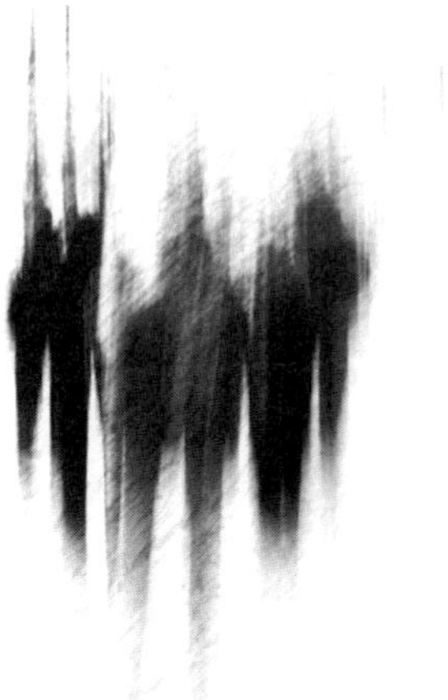

某城

年末了就想起某城了。無來由地。也許是因為在某城渡過的許多時光，都與年有關。我永遠記得某年冬天在河堤公寓的陽臺上，看見指尖大小的一〇一煙火垂墜降落的樣子。從前小學國語課本上形容那煙花是「倒吊的花籃」。為什麼不是假髮而是花籃呢？無論如何，那遠方的煙火其實極安靜，因為距離太遠的緣故，聲音像海水裡的泡泡很久以後才傳了過來。陽臺下的河堤上有許多人，他們也在那裡等著看煙火。煙火無聲爆裂的時候，我可以感覺到窗下的人們屏息呼吸，像隱隱起伏的海浪。世界的肚子皺且深陷，又緩慢地綻放開來。因為太過安靜的緣故，後來我就聽到一個女人哭了。

女人不知是窗下人群裡的誰。她有沒有和她的朋友在一起？一個人在這麼多人裡一起跨越一條假想的時間線（抱歉我使用「假想」二字），是一件很寂寞的事。那就像是兩人三腳的遊戲裡少掉的那隻腳。我沒有回家。沒有去任何其他地方旅行，甚至沒有去到這城中的廣場，跟這個女人一樣和其他人的腳綁縛在一起。我只是一直待在河邊的公寓。等冬天變得更深更沉。

冬天還沒沉進河底前，河底的水就先乾涸了。我不知道一條沒有水的河流要如何豢養冬天。冬天應該是一隻很渴的動物。可是那個冬天，某城卻一直沒有下雨。我沿著河堤，走到學校去。跨年的假期開始以前，因為連假的緣故，校園裡一個學生也沒有，只有那個女研究生，在夜裡和校園裡的野狗成群地出現。

女研究生終年留一頭男式短髮，高腰長褲裡紮進上衣的下襬。從我進到這個學校裡以來，她就已經在那裡。很多年以後，我離開某城的時候，她還在那裡，像是這個老舊宿舍的一株藤蔓，垂吊著她自己和她的狗。連假裡我到學校去，是半夜的圖書館。臺階前趴伏著幾隻狗。我不敢靠近，遠遠地站在臺階下。

「你要做什麼？」她問。

「我要把書丟進還書箱。」我說。

「這些狗很親人的，牠們不會怎樣。」

女研究生為什麼在這樣寒冷的假期裡，留在這空無一人的校園裡呢？連假前圖書館的大門深鎖，連自習室的燈也熄滅了。街道上的餐館幾乎沒有一家營業。我很想問她，你在這裡做些什麼？但我沒有問。我幾乎要問出口的時候，忽然想到我並沒有辦法問她這樣一個問題，因為我害怕那問題裡的人其實是我自己。

你在這裡做些什麼？

很多年以後的每一年，年與年的交界之處，無論我在什麼地方，和什麼人一起，那些接合的縫隙裡總有某城的影子。我想那是因為我在這裡做些什麼呢。在那些什麼也做不了的日子裡，某城像是背上長出的影子，日久成為了芒刺，一端插在我的背上，一端尖銳地指向天際，成為我身體裡的某個部分。在時間要交遞給另一個時間的交界之處，在我的河堤公寓裡，打在牆上的影子像是白堊紀存活至今的古生物，鬼影幢幢地跟你展示那些寒冷而貧窮日子裡的遺跡。我經常想起某城的冬天裡，一個人沿著乾得像是雙眼的河道，散步到動物園的事。想起了打烊前的動物園門口，那些從園裡窄小入口出來的小孩們。他們看起來像是去到過年的另外一邊，回來跟這邊的世界報信的人。世界末日的傳說傳了許多年。但挪亞方舟始終沒有停駐過我的窗口，把我和那些動物們一起接走。我想，那窗下的女人為什麼要在煙火墜落的時候哭泣起來呢？和許多人在一起的時候，時間也忽然會變成一條可被觸摸的引線，讓人哭出聲音來。還有那鬼魂般地在年的最後一日裡，拖帶著野狗的女人。她們哪裡也沒有去。

年要過去的時候，許多鬼魂是不會過去的。它們藤蔓般地在年的末尾橫躺下來，蜷曲如同海岸線。凹陷的地方變成港灣。凸起的地方成為礁岩。新年開始的時候，那鬼魂就成為全新的地形，變成你腳下正在走的路。你攀登岩石，走一小段山路。迷霧來了，忽而感到似曾相識；你想：這不是你剛剛走過的同一條路嗎？你就忽然理解那被你以為剪成一段又一段的年，原來是一個巨大圓的某一切面。它們服膺於那除不盡的圓周率，無法整除它那尾巴般的自己。於是你以為的過去，早已是未來的未來；而你正要開始的未來，你從前早已在過去走過了無數遍。

即使後來在某城以外的許多地方，我再也沒有見過她們。

C城的紅花

一直不能給C城名字，不能將地點編織成字詞。不能像臺北一樣地指鹿為馬，理直氣壯讓那些陡然聳立的地景高樓，背對著蹲踞的地底捷運，無人的路口，在地名的詞彙裡若無其事。年輕時沒有哭過的城市，日後想在寫作裡給它名字，竟都是徒然。想來我在C城的日子簡單得像本日日撕去的日曆，掛在牆上一日比一日變得更薄。一年四季，就都是日曆紙上與我無關的風景照片。照片裡的紅花開得極豔極豔。像一種暗紅色的星期日。在恍惚的凝神之間，忘了將日子翻頁，那紅花便也假期般地凝固在壁上了。

C城倒有一個地名離我所住的地方不遠。公車每每經過此地，車內的電子儀板爬過一行「秋紅谷」三字，因這名字美到有點像是建築工案，我老有一種人工複製的錯覺：是什麼樣的谷地被整座栽植在城市的中央？從臺北搬來時，我一直將它想像成一個巨大的谷，植滿紅樹，火災一樣地延燒整個秋日。於是我在夏末打包一個屋子，把它原地連根拔起，一棵樹一樣地寄送到C城去。然而秋天過去了，那水窪一樣的谷地公園裡，卻只有稀疏的幾棵樹木，簡直像是我從臺北原封不動搬來植下的生活。某日日記裡莫名浮現的一行：此城的生活與此城無關。「秋紅」原來是衰敗的意思。

谷底的兩端栽滿日日抽長的大樓。從底部仰望更覺低陷。我曾想過世上的任何一種仰望大抵都並不健康。無論是樓或生活。谷邊的大樓在夜裡像是偷偷長高，每長一寸我就覺得自己水平般地生活在一條跡線上，幾乎要被每日的雜沓一步一步踩陷進地底下。我搬進C城的第一個房子也像摺疊在地底。那是一個位在公寓背面的房間。陽臺被對棟的房子遮掩，終年幾無天日。屋子裡有一股固執的陳舊氣味，像是生根植物般地，無論噴灑了再多的芳香劑也沒有起過效用。每天我睜眼，都在這樣的味道裡緩慢醒來，感覺自己好像住進了另一個人的家裡。而我是那黑暗中沒有見過面的某人豢養在一陰暗閣樓裡的妻子。

那房子其實坐落在一個什麼也沒有的老舊集合住宅區，只有黃昏時搬著藤椅出來中庭曬太陽的老人們。從前我在臺北的城裡，很少見到這樣的景象。臺北城裡的老人總是很忙碌，冬天裡戴一頂小帽，很單一地進行一些買菜或搭乘公車的活動。他們一個人外出，訪友，上書店，在超市裡購買蔬菜與衛生紙，然後快速地（簡直不符合年紀般地快速）拖著小菜車隱身進公寓深紅色的大門裡，彷彿他們是不需像條棉被般地被拿出來曝曬的。可是C城不然。C城的老人們，都有種泡芙般的鬆軟。他們總是一顆一顆地凹陷癱軟在午後的光線裡，很慢地烤著自己。我在睡及下午三點那種夾縫裡的時間，從中庭走過，那些藤椅上打盹的老人們便會瞇著眼看我，且並不移動他們歪斜一邊的脖子。午後的時間琥珀般地凝止了，我在一切彷彿死寂睡去的街道上漫步，感到那鬆軟的目光，都光線般地渙散在自己身上，而忽然不知自己為何身在此地了。

日子久了，我開始懷疑這個老舊的集合住宅區，其實是一個老人的集散地。他們一個一個地被安排住進那抽屜一樣的套房隔間裡，過著一種類老人院的生活。我曾懷疑這隨著時間漸漸剝蝕的老集合住宅區是否也曾死去過一個兩個衰老而枯萎的老者？他們的身體標本般地被從屋子裡抬了出來，裝進有著木屑香味的盒子裡，再祕密地扛到紅土的郊外去埋葬。他們像是在那個下午坐在那裡被陽光給烤著烤著而後死去的。因為那過於乾燥晴暖的天氣裡，什麼東西攤在陽光下都會被烘成溫暖的塵埃與空氣。

但那畢竟只是我對C城的一種無妄的幻想而已。年輕時我對此城一無所知。既無親密的友人寄居在此，也無有關於旅行的任何回憶。只有大學時代某次從花蓮繞經臺北返回高雄的途中，曾在這裡轉車。我記得那火車站前一塊島型的公車轉運站上針一樣地插滿了人。巴士站牌上紛亂地畫著指標與地點（並且間雜著有關太陽餅的訊息），好像去什麼地方都可以。或許因為這樣的緣故，C城在我的腦海裡，不知為何始終像是個被放大了核心的點，墨水那樣滴一聲地掉落在紙面。如同夏季午後斗大的雨滴。而我年輕時代的旅行卻總像是那沒有方向感的雨絲，一痕一痕地擦劃在失去的路途上。火柴一樣。

只有一次，是更小一點的時候，約莫小學三、四年級左右，我跟著父母到此拜訪嫁至此地的小阿姨。那是一個眷村也似的小社區，圍牆的兩邊栽滿紅花，在夏日蟬翼薄膜般的光影裡，自成一道黯淌的陰翳。那阿姨是母親家裡最小的妹妹，有一個小我六、七歲的孩子，長得很胖，眼眉神情很像洪金寶，我與妹妹常金寶金寶地笑鬧著叫他。那是我記憶裡唯一一次在C城的家族旅行，因為母親的妹妹後來離婚，回到南方的娘家。我們再也沒有過那樣的一次與C城有關的旅行。而那長得像洪金寶的表弟據說被留在此地，和長大以後所聽聞的許多尋常的家庭故事一樣，與他原來的爸爸，還有新媽媽，一起住在那個栽滿紅花的小屋。

有一年暑假不知為何，母親將這表弟接來家裡，與我們渡過了一個漫長的夏天。南方的盛夏白日好長，我們一起晚睡，遲起，用屋前充氣的塑膠泳池洗澡。泳池的水好冰好冰，我們像貓一樣地邊發抖邊笑著尖叫，光著腳在新鋪的木頭地板上奔跑，踩踏得整個午後的二樓都搖盪了起來。

有一個下午，我們趴在老家冰涼的磨石子地板上吃西瓜。西瓜的汁液流滿了襟口，濕黏一片。是南方的夏日會有的那種蟬響，好大聲好大聲的蟬鳴，搖得整幢屋子都像是沙漏一般。我邊嚼著鮮紅色的果肉，問：「你為什麼老穿著那長褲？不會熱嗎？」

表弟把褲管捲摺起來，露出了胖胖的大腿上深深淺淺的紅色，一痕一痕，紅花一樣。

他說，爸爸叫我不許給別人看。

假期結束，學校開學，表弟又被接回C城去了。那些腿上的痕跡，成為那個夏天裡某個午後的小小祕密，在那漫長而被蟬鳴噪響包圍的假期裡，不停腫脹，不停腫脹，火災一樣地暗示了夏天終將熄滅的預感。只是多年以後我搬進C城，在那偌大的地圖一角緊挨著一個地名住下時，竟想不起那個栽滿紅花的小屋，究竟坐落在C城的什麼地方了。年輕時沒有哭過的城市，日後想在寫作裡給它一個名字，竟都像是旁觀他人之痛苦。草悟道，秋紅谷……這些色彩斑斕的名字，某日搭車行經，念起來真像佛經上的一行。不明所以，只能被它遮翳。像是C城郊外滿山的紅土。我忽然就明白，在這火宅般的城裡，那些與我有關的是紅花。那些與我無關的，後來也是紅花。

塔

後來，藍帽子的女管理員就沒有再戴上過她的藍帽子。

她老是問：這包裹上的是你的名字嗎？

我說，不是。這是前一個房客的名字。

問了三次。每次我都懷疑她的身體裡被埋置了一顆自動歸零的鐘。每次她見到我，都問我：出門上班嗎？你在哪裡工作？今天吃過了午飯沒有？

那經常是下午兩點鐘。我穿著寬鬆的棉衣棉褲下樓去便利商店，抱回碗裝麵。

旁人並不知道我在工作的途中。有時我自己也忘記。每日我起床，刷牙，拖著邋遢的睡衣爬上了電腦鍵盤，植物一樣地給自己澆水。有時忘了喝水，一天就打開。

我的牙醫有次也問我：你老在這時間來看牙。你的工作沒關係嗎？

他是一個老香港人。看牙很靜默。每次我來到這座醫生樓，在一幢舊大樓的第十一樓。電梯攀升。診療臺前就是整片的落地窗玻璃。每月一次的某一下午兩點鐘，我固定躺上這傾斜放平的診療臺時，都感覺腳底在十一樓懸空。

他說：啊——。他指示我。再張大一點。他用頭頂的探照燈探勘我。金屬製的小橇子哐啷哐啷敲著我的牙齒。好像一段敲打樂。他問我：最近說話正常嗎？咬字正常嗎？他的問題好像他矯正的不是牙齒，而是一種失語症。他想問的或許是一部樂器，每個鍵都在自己的位置上嗎？我的一排牙齒就是白鍵。另一排牙齒就是黑鍵。牙齒推擠著牙齒彈奏出窸窣的音樂。

在香港的時候，H跟我說，見到你做牙套好開心。我二十七歲時做牙套，所有人都問我，你這麼老了，做牙套幹什麼？我很不開心地說，我想做牙套，關二十七歲什麼事？我開心怎麼做怎麼做。我跟H說，我做牙套時已經三十二歲。我二十七歲想做牙套時，我的醫生問我你幾歲。他說，你有結婚的打算嗎？好像戴了牙套就像戴了貞操帶。戴牙套的人是不能穿婚紗的。H呵呵笑。結果我一直沒有結婚。也沒有做牙套。什麼都沒有發生，一直來到了三十二。

什麼都沒有發生。想望。計畫。預言。可能。

什麼都沒有發生。只有缺牙的地方一直歪斜。壞掉的一直變得更壞。

搬到C城。某日看牙，香港醫生説那下排缺牙的凹陷處上排牙齒往下墜了近兩公厘。人的牙齒竟亦是受制於地心引力的，彷彿鐘乳。我問做了牙套法令紋是否會消失？下巴會不會變長？嘴是不是不凸一些？他很淡然地回答我：牙套只是牙套，不是魔術。回家的路上我馬上打電話去預約要做了。

不是魔術。所以做與不做都不會改變。只是一年比一年老去一點點。買保險時保單上的年齡往上跳了一格。如果我二十七歲時想做而沒有去做，為什麼我三十二歲時不做？我所等待的末日或改變並沒有來。我在等待什麼？也許我從一開始就不應該等待。

C城的冬日晴暖，等不到一場陰雨的午後，我常常坐在窗前等一封掛號。一篇稿子刊出後的剪報。一本即將過季的期刊。

有時只是一封過期的電信帳單。

它們從上一個地址被輾轉寄過來下一個地址。每次搬家我就去電郵給我的編輯們：「新的地址是……」我曾想過有一個人他擁有過我所搬遷的所有地址，像抓到一隻貓不斷滑移開來的同一條尾巴，那會不會是雷陣雨的午後朗讀的一首詩呢？比如他重複，他知道重複可以使我幸福。但其實我只是在電腦螢幕前敲打鍵盤，跟一個未曾謀面的編輯說：「新的地址是……」Backspace鍵滴滴答答地將字吃掉，我是如此輕易地搬到了另一個地方，好像從沒有住過「那裡」，只是一直存在「這裡」。有一次我接到一個陌生男子的來電。他問我：你是不是林森南路的前房客？我說是（他怎麼會有我的手機號碼？）。他說，我收到寄給你的信了。信封摸起來好像是一本書，怎麼轉寄給你？我說不用了那可能也不是太重要的東西（以致需要用一則真實的地址去跟陌生人交換）。但他在電話那頭卻先我一步地說了：可能是很重要的東西，寄不到的話，也許會有什麼命運的誤會（啊怎麼可能會）……男子忽然羞赧地說，我去搜尋了信封上的名字，知道你是寫作的人。我也寫作。他吞吞吐吐地說。我有時會寫作。

幾日後信果真輾轉寄來了。過不久又收到這男子的電話。你有收到那本書嗎？我在忙亂的白日稿件堆裡接了話筒，囁嚅地說：收到了。非常感謝。又說了一句：不好意思，一直忘記跟您回電致謝。

男子在電話裡忽然頓了頓，用一種受傷的語氣說：不會的。我只是想會不會寄丟了而已。

後來我再也沒接過他的電話。

理應也是不會再接到這電話。

白日裡各人有各人的塔要爬。

有人在塔上垂下長髮，有人在塔下仰望：把你的長髮梯子一樣地放下來罷。

攀爬是一件困難的事。

搬到C城時，我住在一幢公寓房子的二樓。屋後的陽臺被另一幢大樓遮蔽。屋子裡終年無光。老舊的木頭地板有一處塌陷傾斜，每每踩過，都發出那種軋軋的喀啦聲響。

住了第二年就搬到對街的另一幢樓。塔一樣地換到了第十一樓。高樓多風，且再無遮蔽。每日我都在塔的頂端鳥踞著看遠方。

某日下樓，藍帽子的女管理員一臉凝重，沒有再問我上班嗎。她壓低聲音說，因為太臭了，所以她來回巡了好幾遍。那男子被發現的時候，都爛掉了。已經住了十幾年了。沒有家人。只有一個出家當和尚的哥哥。就在二樓那個無光的房間。啊。那裡太暗太暗了，什麼也沒有……藍帽子的女管理員講這故事時，她的臉也陰翳地熄滅了一度。

電梯上樓。電梯上樓。C城的百貨公司，還保有那種古老優雅的電梯小姐的工作。我有時煞有介事地去搭乘，跟穿洋服戴淑女帽的電梯小姐上樓，把雙手緊貼著褲縫的車線。電梯攀升。有一次有一個中年女子帶一女中學生一起進到電梯來。中學生看起來是女兒的樣子。女子抱著她，非常親暱地不停撫摸她的頭髮。在所有人都屏息的電梯裡，女人不停地跟那穿著水手服的女兒說，你好可愛。你真的好可愛。

有人日日上頂樓。有人一直待在無光的二樓。

大樓的電梯往上時，數字經過二，我總想，啊，那無光的房間裡住著的也許曾是我。那某日忽然老死在房裡，終於融化成夏日窗前的一灘水的，也是我。只是在電梯往上攀爬的路途中，某個轉彎，進入了某一則神祕的傾斜運算裡，我沒有抵達那個未來而已。

於是，每月一次，我又攀上了那塔樓，用腔口裡的洞去見我的牙醫。他淡淡地問：今天不用上班嗎？他從沒問過我從什麼地方來，做什麼工作。

也許他並不關心。當他用鑷子撬開我的嘴巴，先於我的臉見到了我口腔裡拔牙的缺口，也會把我的缺口，當作臉來凝視。

黑牙

黑牙藏在臉部表情最隱密的地方，不是大哭或笑，是看不到的。若有人對你暴露了黑牙的祕密，她必懷抱著羞赧的示意與相好。這當然是我的偏見。但西陣茶屋裡的這個女人，與我素昧平生。我第一次看到她的黑牙，是她彈唱三線的時候。有一個恍惚的瞬間，那牙在音節的唇齒之間，礫石一樣地對我曝現，很快地，就被那塗滿白粉的演出之臉給關閉了。

座中看到這排黑牙的人有誰呢？環顧四周，茶屋裡的樂聲喧囂，杯觥交錯。那些酒杯在低垂的燈籠底下，被拉成了長長的蛇影。那彈唱三線的女人真有一排黑牙嗎？她白粉末的臉孔在他人的蛇影底下，變成了一張斑馬，有時轉向我這邊，對我咧嘴一笑；她一笑開，那黑牙就洞窟一樣地開在斑馬的皮膚上。據說只有江戶時代以前的女人，會有那樣齒黑的慣習……夜又墜落了一點了。我開始不敢抬起眼睛，和女子的視線產生交集，遂一直低著頭喝酒。從這裡如何回到四条通上的旅店呢……？整個晚上，我都在擔憂著這樣的事。

絕食表演者

博士班畢業的那個冬天，因為某些緣故，我搬到C城，卻仍必須每週通車一天到臺北上課。那堂課堅若磐石般地開在早上八點（這種超現實的時間），難以排調，而我長年日夜顛倒的作息，又使我必須在整夜都無法入睡後的凌晨四點鐘，背起整座黑夜出門搭車。冬夜的白霧把整個C城關閉起來。巴士搖搖晃晃地，從低燭光的轉運站開出。這樣的時間，連車站裡小賣店的關東煮都沉沉地睡去了。車廂關燈以後，所有人的臉孔都陰暗了。我曾想過是什麼樣的人會在這種時間搭上一班開往遙遠城市的巴士，彷彿流浪表演團。他們通勤？訪友？逃亡？躲避債務？抑或是像我這樣一個被新聞標題謔稱為「流浪博士」的女子，背袋裡背一本卡夫卡，絕食表演者，在歷經了整個夜晚的旅程之後，終於在黎明時抵達彼城，轉搭捷運，和那城市裡所有把白日規範踩踏的上班男女一樣，假裝若無其事地前往一個課堂。

別人不知道你背後所來的旅程，原來竟迤邐著一百多公里的黑夜。只覺得你的影子特別地淡，且被拉得特別地長。他們驚訝於你的臉有一半黐在黑裡，被車廂劃過隧道的窗外陰影遮蔽。早晨八點鐘的課室通常沒有幾個上課的學生。因為沒有來得及吃早餐的緣故，我經常有種被書裡的卡夫卡站起來嗤嗤嘲笑的錯覺：其實你才是絕食表演者。在講臺前擺一個空碗，不等待硬幣，那麼我所等待的是什麼？吃過早餐的學生姍姍地來了，一個小時、兩個小時土撥鼠那樣漸漸填滿了空位。那些空位都滿了以後，很快地，下課的鐘便響了。他們紛紛站起路過，彷彿小說裡的路人俯身問你：為什麼你不表演點別的？

如果可以表演別的話，飢腸轆轆的絕食表演者陰暗著半邊的五官說，我也想表演一些跳火圈之類的什事。

但我只會飢餓。

我只能表演飢餓。

絕食表演者如是說。

那樣的冬天是舒茲的冬天。是在地底養一張臉的冬天。舒茲說，冬天的日子是從兩頭削短的，一邊是早上，另一邊是黃昏。冬日像一枝鉛筆被削得愈來愈短的時候，沒有人告訴過你這中間的白日究竟去了哪裡？我想舒茲一定知道關於冬天的一種祕密：冷高壓關閉這座城市時，天氣圖上有著羊皮紙般捲曲的線軸，分布著等高的數字。無數座迷宮埋藏在地底，像某次誰又傾了城那樣地拂袖揮倒的樓臺，積成廢墟，鼴鼠一樣地讓誰也走不出去。在冬天結束之前，我來到這座城市的地底，用手指比畫著要去的地方。因為捷運線的線路圖又像中學實驗課上的電路板那樣整組地被抽換了。像一張別有心機的試卷，考驗著忠誠與默契。但每次考試我都覺得肚子痛。每站起來離開一次座位，回來以後，我都必重新覆誦一次淡水線沿路一站又一站的站名。

年輕時我也曾搭過那樣的夜行巴士，從花蓮摺疊了又摺疊的黑夜縫隙裡，沿著蘇花的海開出。巴士裡常配有一個隨車的車掌小姐，因為東部的夜黑起來太徹底的緣故，她的聊天工作便顯得十分重要了。有次我在座位上惺忪地聽到她跟駕駛座上的司機說，以前開過的路線，常常經過她家，看到她母親坐在平常坐的廊簷下，手裡忙碌地做著小生意的工作……「我從沒有從一扇車窗裡由內向外地看過她，經過她，把她當作一個尋常老婦那樣觀看。那是一種很不真實的感覺……」蘇花的路黑得像有狐狸將五官貼在車窗上，壓得扁平。啊。那暗著半邊臉的車掌女子真的說過這樣的話嗎？不知是她的話語，還是睡夢裡被剪開縫補的痕跡，巴士在東部公路的小村裡搖搖晃晃地。醒來時在天亮的海岸旁，海面上有花漂散。

還有那樣的一些冬日，是北城南下的國道巴士。車廂裡的燈火熄滅了以後，窗外黑暗的嘉南平原，便無邊無際地遼闊了起來。像是潛在很深很深的海底，會有發光的游魚從窗外拂過。

那樣的冬日，餓其體膚，空乏其身。據說天將降大任於斯人也。降了又降，竟是馬奎斯般地降下了貓與狗。一百年的孤寂莫過於此。奇怪的是我表演飢餓，卻從沒有真正感到飢餓過。初進學院當個日日從圖書館搬磚回家的研究生時，我住在木柵一洞窟般的學生套房裡。房間埋在坡道底部，不管什麼時候醒來都闃黑不見手指。房裡一方小小的矮桌，散落著磚塊大小的理論書。白日我出得門去，在斜坡上的教室裡，練習進攻與防禦的技術。

知識是以子之矛攻子之盾。矛與盾的平均分配，謂之多元文化，世界大同。啊。真有書本能永恆解決的事嗎？那名之為「永恆」的幸福。夜晚我在一盞僅有的小黃燈泡底下，坐擁著那些作者盡皆死去了的書頁：那些作者都真真正正地死去了。班雅明，死於自殺。德勒茲，死於自殺。希薇亞．普拉絲，死於自殺。這些碎片般的廢墟，要人徒手挖出靈光。一百年的孤寂莫過於此。某日我忽而理解了何謂表演一種飢餓。所謂表演一種飢餓，就是世界的本質即是一種沒有回頭路的消亡：我表演我活著。我表演，所以我尚活著。我活著。我餓。最後我死了。

表演的盡頭，地底的盡頭。我經常想這地下室四壁聚攏的牆外其實是一卡夫卡式的巢穴，蜘蛛指爪那樣地四布著細小蛛網的甬道，接連著一個又一個密室般的房間。房間裡一無人投影的螢幕，小型放映室那樣地一格又一格地徒勞地播放著無聲的影像。你從一個房間晃蕩到下一個房間。忽然驚訝地發覺：那螢幕上失語的畫面皆是你遺落的發生過的片段：你的母親偷偷替你丟了一隻棄養的狗。你的父親某日開始在深夜的廊道上偷偷和誰講著電話。你的祖父在Google街景車的拍攝下鬼魂一樣地復活在所有人的街景地圖上……

還有你自己。你從二十歲跋涉至此。道阻且長，有時竟差許滅頂。其實你並不知道你已經死去過無數回了。那些你像影子比較淡的你自己，分身一樣地散落在四處開枝散葉的街衢，像一把豆子撒了出去，再也無法將它們珍珠項鍊一樣地一粒一粒沿著線索收束回來。你忽然就明白了，那許多年以後的一方夜行巴士，將穿行到哪裡去。

它像一串斷掉的珠子將穿行到哪裡去。

賣藝人

研究所念了整整十年，日子的密度變成一種難以估量的單位，念書，發呆，橫躺，滾來滾去。偶爾站上講臺打時薪低廉的工，分不清自己究竟是老師抑或學生。有次有個學生來向我借錢，說因為父親的緣故，想搬到外面獨自生活。我不知該不該告訴他我一週三小時的工作時薪只有六百塊，不太可能讓他與我都獨立生活。其實說這話時我赧然的部分還占了更多，無關時薪低廉與否，而是看待自己的方式。生活是現實，可我的現實卻是抽象的工作。這抽象的工作偶爾使我在一條黃昏的食街上，走著走著便漂浮起來，雜沓過紛紛的街衢，而後砰一聲墜地。剛進研究所時我曾十分認真地想過，我可能過這樣的日子直至老死嗎？讀書，尋找論文題目，接著陷入研究計畫的無邊地獄。其實我從小十分耐得住坐。獨居以後更多的是兩日以上不踏出家門的紀錄。套房生活也是盆栽的一種。冬日時把自己埋進土裡（那時我真住在一盆底也似的地下室公寓，感覺被土掩埋），烤起電暖爐。土上覆蓋的是什麼？是沒有盡頭的日子？曠日廢時地在矮桌上的書頁蔓長。像末日滅亡後桌上剩下的一本書，失去主人，而莫名地停在某一頁了。

時日久了，書裡植物般地長出了影子，遂遠離了書它自己原本所要說的；而我的一日就是影子比較淡的那本書。比如很長的一段時間，一本小布朗修在掌心裡翻來覆去，鑽木取火也似地。深不見底的尤里西斯之海，終而也在傾覆間被搖晃成了一種淺薄的藍色。是書本以外的時間稀釋了它，讓它的外邊無盡推延，海一樣地，成為了我沒有邊際的日常。搭一班公車途經一個從未下過車的小站。比如馬明潭旁那一整排露出半截腰身的地下室公寓。每次經過時我總想起C老師在課堂上說過的，那寫出洪水與黑眼珠的作者，就窩居在這一帶。只是兩旁沿著斜坡櫛比鱗次的灰舊尋常公寓，不知哪一扇的門窗裡，才有一窪黑色的眼珠在窺看？而這是二十一世紀的第二個十年，洪荒也似的洪水遙遠得像是挪亞方舟時的事。我漂經此處，沒有遇見打撈我的李龍弟或亞茲別，只是隨著洪水被沖積到更下游的地方，僅是公車上一個偶然的乘客罷了。

那樣的洪水畢竟屬於上一個世紀。轟隆隆地流灌過來，轟隆隆地離注而去。如同百年以前之人見到火車，竟是類似的震驚。但我們究竟在什麼時間點，翻越了感覺的環節與紐帶，將那現代主義式的洪水，治理成了數位時代的河？二十一世紀的兩個十年，在臉書之島中漂浮將盡了。初進學院時高築的理論牆壘說塌便塌，某某主義幾成瓦礫廢墟。學院裡有人說這是文本的時代了。「我們拒絕再走西方的老路。」煞有介事的研討會結論，但誰都知道沒說出口的腹話是：萬物通膨，修辭皆死。在這樣一個貧窮的反語時代，脹大反唇的話語是僅剩的貨幣。從前買不到的高冷抽象之物如今貶得既薄且脆，讓人輕輕一掰就應聲斷裂。美麗的東西是有罪的。靜靜的東西，也是有罪的。上海女子上一世紀的預言，言猶在耳：時代是倉促的，已經在破壞中，還有更大的破壞要來。我記得初進研究所時從景美上一國道巴士往新竹，去一個多風的校園旁聽的海德格與克莉斯蒂娃。那原是一堂三小時的課，教材厚厚一疊英譯本，密符也似地。與其說是上課，毋寧更像是降靈。戴金邊眼鏡的中年女教授，在艱難曲折的哲學語彙間領路，走著走著便暗沉了下去了。林隙裡的光影靜悄悄地，覆蓋了她的側臉。海德格問：這是什麼意思呢？

這是什麼意思？

她問。像問給自己聽。

詞語臨近沉默處，一片密林。

那像是林蔭間的陰影，靜謐地篩落在午後的窗臺。沒有人說話。卻感覺樹隙的聲響，搖盪得整個下午的毛邊都捲曲了起來。三小時的課拉成五個多小時，間雜著一段靜默的時光。奇怪的是我從不覺得漫長，只覺得整個下午，都在無明的黑裡沉浮。而離開那堂課時，教室外的天已黑盡了。在回程的國道巴士上，我總想：這一定是時代的某種奢侈了。可以讓一堂開在研究院裡的課，如此耗費，潛行如同修道。看不見的紡織機紡一支看不見的紗。話語的骨架喀啦喀啦伸展，又喀拉喀啦收束起來，像是一種瑜珈。無用之用，這是感覺有點奢侈的事。

我也總想起那些年，我租賃的地下室套房，總有那樣一個兩個賣藝的人，身懷密技般地棲居在此。斜對角的房間裡有一男學生，肩膀上總是停棲著一隻鸚鵡。男學生據說是魔術社，出門總戴著一頂黑色高筒帽。我想像一個住在地底的魔術師終年攜帶著他的鸚鵡朋友四處旅行，在魔術演出結束時將帽子摘下接灑落的銅板。帽子裡一拉就有一千朵根莖相連的玫瑰花。他會否在那闃黑陰暗的地底房間反覆地演練，為了使什麼東西原地消失？為了使什麼東西原地出現？

消失。出現。不見。舞臺的布幕拉下。像是一個表演中場必然行經的套路與環節。在魔術裡，你幾次招來虛構的鬼魂。拉花也似的死亡。還有那無盡無止、宛如棉花糖絲不斷繾綣纏綿的時間。它們全被你收進了你的帽子裡。你知道下一次的布幕拉開時，那不見的東西又要再一次地出現，從紙箱從耳朵從一切被遮蔽的孔洞裡，綿密地一根絲線那樣沉沉被拖出，像線的那一頭吊勾著的是一隻昏沉睡去的大象。所有人都張開了他們的耳朵。但你其實從沒有從你的帽子裡真正拉出過一隻象來。布幕重又拉開時，你只是像一個賣藝的人那樣倉皇地被推上了臺。不在場的東西不能表演。那麼如果我要表演的，正是那不在場的呢？推你上臺的人說：那你就假裝手裡有東西罷。假裝手邊有火球。假裝火圈。假裝火過來了所以跳。你真的奮力縱身跳了，也只是假裝而已。

但我其實從沒有真的假裝過。在這個或那個城市裡，早晨八點鐘的課堂上，我像一隻過老的烏鴉停棲在講臺上。黑色的羽毛像昨夜的掉髮紛紛掉落在地板，蜷曲而成漩渦狀。它們萎蔽而敗衰。在這個清冷的早晨，我所表演的，原來僅僅只是我自己的命運而已。那樣的時刻。我想起某個夜晚途經一無人廣場，在那廣場上遇見的一個女孩，就站在一整排無人的座位前，一首樂譜彈唱過一首樂譜。那是一個非常寒冷、下著小雨的夜晚。整條街廓空無一人，彷彿末日。我聽見那年輕的女孩低聲對著麥克風說：非常謝謝大家今天來這裡聽我唱歌。女孩又說，接下來這首歌是送給你的。送給你們（那回聲拍打在廣場的每根柱子，發出空氣泡泡的噗噗聲）。她說：我衷心祝福您們幸福健康。

交談

搬家的時候丟掉太多東西，這屋子如今連一根湯匙也沒有。我不知為何會發狠丟掉那些鍋碗瓢盆，像把整座生活都丟棄，卻一直留著那幾盒舊信。信封裡的卡片雪花其實都是棉絮，有些寫信的人還在，生活裡像一同走一條鋼索的人，人與人的關係真是微妙，冷不防咚一聲掉下去，好像這個人從來沒有存在過，只剩下繩索微微顫抖的細小聲響，迴盪在日子裡。

支撐著日子的又是什麼呢？飛快地打一篇稿，手指滑過鍵盤的聲音敲得整個房間嗡嗡作響，彷彿這個房間就是一座樂器的體腔。有一陣子我極為努力地想當一個日光般明亮的人，於是背起電腦到圖書館去，正襟危坐地打字。但那實在是一件很困難的事。我不能穿著鬆垮的睡衣和厚片眼鏡盤腿坐在電腦前，因為四周的人都是那麼衣冠楚楚。光是出門刷牙洗臉與穿衣就令人感覺十分辛苦。不出門的時候我可以整天不洗臉不擦牙坐在電腦前打字，與人用鍵盤交談。彷彿一旦梳洗就意味著繳械加入白天生活的隊伍。在圖書館裡我盡量保持一種不打擾人的狀態，集中注意力將眼睛放在螢幕上，用敲打鍵盤的聲音掩蓋那磨石子地板的紋路發出的聲響，還有角落裡盆栽的存在。磨石子地板上斜斜曬進的日光忽長忽短。忽然斜對桌一個男學生一個箭步走過來，用手指輕聲叩了叩桌面：能不能請你打字不要那麼大聲？

有時候這個世界是這個樣子的。可見與可聽見的干擾永遠大於聽不見與看不見的東西。人們喜歡衡量別人的苦痛，彷彿苦痛是市場或路邊能拿來叫賣的東西。人們問你關不關心街友？關不關心貧窮？你隔著一層橫膈膜般的透明薄膜感覺自己的關心，並且壓抑著喉頭裡一顆顆滾落的小石頭。你四肢完好，衣履宛然，皮膚沒有裂縫，不會有什麼流出。這種狀態讓你很難跟別人解釋你喉頭裡的小石頭，還有那些圖書館裡藏匿在飲水機後面的盆栽。它們是如何讓你感到心慌。彷彿你眼睛一從電腦移開它們就瞬間偷偷移動了位置。有一陣子我不斷弄丟我的鑰匙與錢包，不斷斷訊，我不斷去各個銀行捷運站鑰匙店的櫃臺重新拜訪，然後有一天我忽然察覺，這些東西一定都不是自己走丟的，它們是被某一隱形看不見的人給偷走的。察覺到這件事後我的生活瞬間掉進一種恐怖的深淵，無法對人說明，而且難以解釋。我飛快收拾電腦離開了圖書館，感覺整座亮晃晃的白日炙烈地在背上燒了起來。

當今這個時代是一個反語的時代。發聲首先是必要的。重要的是必須先告訴別人：我知道我的位置。這句話的隱語是什麼位置其實一點也不重要，沒有人真正在意你支不支持同性戀、反不反對戰爭，而是你的位置有沒有暴露出你的無知。清楚布置的人比起一個理念堅定的人來得更被尊敬。我進博士班的第一年，有一老師就告訴我：你要明確告訴別人你為什麼在這裡？為什麼不在那裡？這比起你宣稱「你在哪裡」來得更重要。她且告訴我這即是「攻防」的真義。曾幾何時防備已經變成一件如此抽象的事？像是空氣。聲音的尾端永遠追企不上意義。又或者搞錯的人其實是我。我每次離開研討室，沿著一條幾近垂直的山路走下山時，都感覺疲軟而沒有盡頭。博士論文初試時考到一半我竟哭了，竟說其實沒有畢業也沒有關係，把在場的人都搞慌了。有一大半的原因是我忽然不知道自己到底為什麼在這裡？因為一個討論的場合？這場合是被什麼所召喚出來的？它究竟抽象還是具體？而我又是什麼？是拿著稿本念臺詞的演員？下了戲後回到生活，然後再被另一檔戲的軌道粉碎輾過。生活的片面，空間的切換，不過是逢場罷了。

日後我發覺是我一開始就把假戲給真做了。可是做得那麼快樂，連真假也不那麼重要。我真喜歡那些莫名晨起的日子，在天空尚是清澈的深藍色時，沒有一點日光光線的干擾，沿著公寓外的河岸散步。這條河我曾在幾次下山的途中，從山路頂端遠遠地眺望。好像它本該就是那樣腸道般的細小。河岸的人從山上遠遠看不見，只是一個又一個緩慢移動或靜止的小點。距離能使時間延長，使消逝之物凍結。沿著河岸旁散步的時候，我感覺自己在山上的某個人的眼睛裡，可能活過了長長的一生。他一闔眼，我便在遠方死了。

而遠方有些什麼？一封寄出而沒有回音的信件。一行早已抹消的地址。一個朋友再也沒有音訊。搬家以後寄來的最後一張明信片：終於要拔根離開花蓮了。胡蘿蔔走路般地。我曾以為他會生根植物般地永遠在那遙遠的東部住下，成為年少遺跡的一個永恆的看守員。那張明信片投遞到我在臺北學校的郵筒以後，我便再也沒有見過他。他變成了一個拖帶著根鬚的樹洞。洞口被這每日蔓長蕪生的荒草掩埋。那洞裡的隧道隨著MSN或BBS年代的消逝而愈拉愈長，直至火車駛出，那樹洞將永遠地關閉起來。他到什麼地方去了？我們曾在暗黑的文學院角落練習交談，並且以此躲過一次又一次梁柱上停棲的鴿群的攻擊。那攻擊像羽毛般地輕，如同小城裡幾無任何時間的實質之感，足以使一切都牆上漆屑般地不斷掉落。啊你東西兩岸的親友故朋能指的一環，一千零一夜，環的外面還扣著環，父親為何是父親？母親如何能是母親？永無抵達的所指。我們在那小城裡的另一座虛擬之城上打字，寫沒有人看得懂的日記，在BBS的暗黑螢幕上，隔著像是光年般的距離。光年以外的是誰？誰都有那樣一個固著而不可替代的英文字母。比如我的C。二十歲時視力檢查表上的C，帶著永恆的缺口。

用這缺口來指稱我。把我寫成C。把我的肢體彎折成屈。把我環抱的自己裝進箱裡。時光之匣。魍魎之影。帶著箱子坐火車的男人在無人的南迴車廂裡睡著了。他的箱裡裝著的是什麼？那是一條非常非常寂寞的鐵路。沒有人上來，沒有人下去。在東部那樣長而搖晃的緩慢車廂裡。只有一個列車長會搖著鈴過來。那些沿途的山村小站一個個都像雨洗過般地安靜站立。車窗外的山地女人睜著眼睛從月臺上看我。那黑而亮的眼瞳像是鹿一般的，是一隻充滿著謎面的鐘。火車把我送回西部以後，那座網路上的虛擬小城真的就傾塌了。漸漸被臉書上一張又一張的臉淹沒。畫上了人皮我們與新朋友對坐：你好。安安。安安過時了。我是美圖秀秀。

這些都會淬礪在時間的河。變成石子。一整個時代的海市蜃樓都在這裡。我們還有什麼可交談的？理解這些以後我每日出門買水，上市場，在昏暗無光的屋裡做晚飯，感覺自己其實是生根植物般地被自己澆灌。那些街巷的傍晚傾塌下來像一種幾何的歪斜，日子忽然就是一條幾經踩踏而扁平的線了，我忽然驚覺交談在這時代老早已被置換成為了交換。交換什麼？交換以那視力檢查表上的C。那C拓在舊信盒裡的一張老舊明信片，像一枚脫落了指紋的印記。年少時我總驚怪於傳真機印出來的字，終有一天竟是會像沙灘上的名字那樣被海潮吞噬，而多年以後，在一舊皮夾的破爛夾縫裡拉出一張無字的火車票根，地名與時間盡皆消弭。也許它原本就無有任何字跡，無有名字，無有故事。是我自以為搭上了一班車去一個地名敘說了一個關於它的事。

那樣的一日。也許我終於像甲板上的人魚一樣，長出了一雙踩踏在泥岸上的腳，而永遠地失去了聲音。

壁上的字

那些年，我每天都用手指在掌心寫字。寫個「人」字。假裝吃下去，再出門。晨間吃進去的人，午休時間就嘔吐出來。像一整個上午的消化不良。工作的地方除了我以外幾乎沒有任何女性。在那一小間整理得乾淨明亮、極少使用者的女廁裡，沒有人知曉。

那時我在一古老建築物改造的紀念館工作。做的是展場文物的編目工作，偶爾被派寫一些評論文章。工作本身並不困難，大部分時間只要面著壁前的電腦螢幕打字。紀念館正在進行百年翻修的工程，到處拆得光禿禿地。有一次那年老的館長和我一起戴上工地帽進到場地去監工。他指著一塊因裝修而被拆卸裸露的斑駁牆壁，對我說：「你要不要在這裡寫字？寫個祕密，下次被發現，還要再一百年。」

我不知道他為何突然要那樣說，好像他真的知道我有一個祕密，暗示我最好自我揭露。也或許那只是一個無意義的玩笑，是我作賊心虛地當了真。在這個四處皆是歷史泥沼掘出的物品布置的展示場，理應四布的是謎底，而不是謎題；那麼又是為了什麼，每每經過那面牆壁時，總有一隻謎樣的眼睛，懸吊在牆後監看著我？紀念館裡終年陰涼涼地，訪客稀疏。即使有人不慎誤入參訪，也像捕蠅紙那樣地，張開著門口的孔洞。館裡的中央有一個半圓弧形的灰色牆面。沿著牆緣繞一圈，赫然就會在牆面的背後驚覺，那弧形的牆後內裡其實掛滿了死者的照片，自成一種駭人的靜謐。在這個和創傷有關的展示場，玻璃櫃裡散落著遺書，血衣，與槍彈。像一個古董市集。每隔一陣子就有人拿著文物來拋售，在不開燈的會議室裡隔著百葉窗的縫隙，聲音被切成一條一條的暗影：「這是祕密。」每個祕密的傷口原來都有價錢可標，為什麼我的沒有？

那時我的博士班念到一半。課已修完，再不用到學校去。然而學位論文尚沒有著落，人生頓時空曠得前不著村後不著店。胡亂做了餬口的工作，反正不知做什麼好。面試時我的主管很滿意地說：「你念臺文，很適合這個工作。」我不知道自己是否適合這個工作，只知道除了發薪餉的日子去買一件洋服，以外的每日，都不很快樂。不快樂的原因是什麼？是那堵電腦螢幕背後的牆面，牆裡的東西，教人百無聊賴地投擲壁球，在心上碰碰磕磕地撞出凹陷的什麼？有次有個受難者後代承包的案子進來，關於每年的紀念追思會上朗誦的詩，寫得極糟。「這不是詩，不是受過傷的就都能稱為詩。」我抗議。「詩不是傷口。詩是傷口以前或以後的東西。」

會議室裡靜悄悄地，為了擺脫這種無聲的尷尬，有人先呵呵笑了起來。笑聲被百葉窗的縫隙切得一條一條地。虎斑貓的貓背似地。他說，你是孩子。他沒說出口的話是，你還沒有真的想過活著這件事，沒有因為想活得不得了那樣地拿自己的傷口上街去叫賣過。

時間久了我漸漸理解，關於世上的算式，從沒有誰積欠誰這件事。如果有什麼使我們真正感到痛苦，那也從來不是暴力本身，而是一種償還式的循環，圓周率永遠除不盡的圓，一圈一圈地，沒有終點，使人終於失去了說話的能力。

那或許就像梅爾維爾筆下的抄寫員巴托比，對著一面牆壁回應世界，關於偏好的提問。巴托比從不說 like，說的是 I prefer not。兩個語義彼此相反的詞並置在一起，究竟是 prefer 還是 not？負正得負，梅爾維爾要說的是，關於語言這件事，只有坦蕩蕩的正與負，能抵達一種磊落的純粹。而負正與正負，才是這個表面看似亮晃、實則脆弱一如舞臺探照燈光的世界，最為普通的常態。

生命是蕪雜的。有人後來這樣跟我說。你能用語言訴說的只有境遇，境遇，與境遇。李龍弟在洪水裡救了一個女人，從此失去了他的妻子；亞茲別在路上遇到了一個女人，他再也沒有回到他的小鎮去。

離開了那個工作，回到租賃的公寓，我又開始在牆壁前打起字來了。不同的是這是我自己的牆。只有自己的影子投射在其上。白日裡我把自己關在公寓的樓上，深沉地睡眠。隔著一堵牆，窗下是車聲流動的地下道，黃昏時下班的車潮穿越整個中正紀念堂的地底，呼嘯爬坡而來。轟隆轟隆地。像一捲滾滾的洪水。那地道上方所經的廣場，有一年的整個三月，都雜沓著靜坐的人潮，將水泥地面踩踏得砰砰作響，幾乎傾塌。不遠處有歷史在火堆裡嗶嗶剝剝地燒著，燃燒殆盡以後，它會在未來的哪一本書上被以史前的文字寫下？但我從未下樓去到那裡，搖撼小旗，跟誰會合。夜晚我起床，在僅有一盞小燈的公寓書桌前敲打鍵盤，一字一字地，像是石器時代的壁畫那樣地，將岩壁的紋路刻鑿在空白的文件檔案上。

那些年，很奇怪地，我變得很少跟家鄉的母親聯絡了。連電話也沒有。我不知道那是什麼樣的原因。也許是我再也難以用一個簡潔的句子，如同童年時母親所告訴我的睡前故事，即使再怎麼恐怖也還是潔淨地，去指稱世上凡此種種經驗，將它養樂多的棉線話筒那樣地傳遞給南方一封閉小鎮的母親聽。在遙遠的北方市鎮，時間在那裡積累成各式各樣的名字，把我地層沉積般地一層一層覆沒。每一個敘事的主句都火車車廂那樣地拖帶著一節又一節的子句；who，whom，which，這些關係代名詞像極了車廂與車廂接連的轉圜地帶：這一節車廂載滿武器，瞄準窗外掃射，下一節車廂敵人忽然就變成了自己。語言的剩餘，其實是剩下來的四根手指，教人再也無法真的用一根食指去指陳，關於經驗的秤兩與論斤，孰輕與孰重；關於心上的天秤一公斤的棉花與鐵（那樣古老的課題——），究竟該如何估量與算計。有一瞬間我忽然就明白了那壁上的字，為何最終都將成為祕密。因為它早已在時間開始啟動的瞬間，就注定成為祕密。

學生宿舍

印象中我曾住過幾次學生宿舍。那是我與那個學校都還年輕的時代。有一年的冬天，十二月的時候，王菲剛唱著〈笑忘書〉時，我就住進了那個有著小窗臺的兩人房裡，渡過了蟬一樣睡眠的冬日。寒假裡學生餐廳都關門了，我沒有回家，一個人住在寒冷的宿舍房間裡，用電陶鍋煮熱熱的稀飯來喝。在房間的窗臺看對棟窗口裡的燈一盞一盞地滅了。走道漸漸安靜下來。冬天到了盡頭的時候，終於只剩下我的窗口懸吊的一盞燈火，在漆黑無聲的校園裡搖晃著。

人都離去以後的學生宿舍，有一種只屬於家具本身的氣味，從走道兩旁的房間門縫裡滲漏出來，河流一樣地攏捲了我。那味道好像還摸得到物質本身的紋路。好像只要用力呼吸，就會感到胸口的腔洞那裡，被什麼給阻塞住了似地。室友離去的床鋪空空的，棉被的摺痕十分堅硬，好像豆腐般地在那床鋪的上方漸漸地凝固，凍結。有東西在床架的上方沉積，發出喀啦喀啦的隱密聲響。那宿舍是由幾幢獨棟的四層樓洋房建築，圍成一個小型的莊園，有著斜斜的屋頂。莊園的門口有一座塔，據說是這學校初興建時建築師的浪漫想法，於是校內的每幢建築物旁側，都有一座外觀不一的塔樓。白日裡那塔高聳佇立，常有鴿子停棲。誰也不在意塔上有著什麼。然而久而久之那塔竟像是在夜裡偷偷長高了，低頭俯視著我們，像有人從上面垂吊著一根麻繩下來，要把誰給吊上去。可是誰也沒有真正到塔上去過。我記得年輕時我曾寫過的一篇小說就叫做〈塔上的女人〉。是關於一個女人天天來到一座塔下的故事。小說的結尾，塔與女人終究沒有彼此攀登。這是一個從來沒有一位「塔上的女人」的故事。小說的最後，女人攜帶著她的天線，到另一個城市去生活了。

離開那個多塔的校園，我真的去到另一座城市，像小說裡沒有被寫完的女人。研究所換了另一間學校，去到一座古老的學院。學院沿山建築，宿舍散布在山坡的各種不同斜度上，彷彿中學考題裡的阿里山林相，從低緯度的熱帶雨林一路蔓長，變成高緯度枝葉細長的針木。每幢宿舍都各自有各自的姿態。共通點是那些陳舊的、彷彿生根植物般的宿舍甬道總是一逕地黑暗。像一窟窟張著嘴巴的洞。使人消失，使人不見。今日被吞食以後，明日又被同一張嘴巴吐出。那宿舍因此亦是一永劫回歸之地，時間的場所。

我從沒有住進過那所學校的宿舍，因為床位不多的緣故。但有一個民族所的朋友，總是經常邀請我到她的宿舍去。女博士生的房間。在校園側門的對面，幾家飲食店隱蔽的後巷旁。這裡不若大學部的女生宿舍總有斑斕色彩的戀愛情節沿著牆圍上演。恰相反的是齋房般的肅穆氛圍。友人住的是單人房，房裡堆滿蒙古民族的研究用書。令我印象深刻的是那房裡附設的床架和醫院病床的樣式幾乎一模一樣，床框是冰冷的鐵架，很適宜上演阿莫多瓦的電影。我想若是友人被綁在這床架上我也並不會太過驚訝。那畢竟是一個陰霾的午後。宿舍的洞窟裡逆著光。雷陣雨將下未下之前，牆裡發散著一種土腥的氣息。記不清是因為什麼緣故，只記得我們聚在一起煩惱著論文或口試之類的事。從百葉窗簾透進來的蒼白的日光，把我們的臉切成條紋般的斑馬。因那靠山的潮濕地氣，我總有那宿舍的外牆滿布著淺褐色苔蘚之感。也許那宿舍從沒有過什麼濕潮蘚類，是那古老的洗石子地板發散的陰涼氣息，使我有了這房間蔓爬著苔蘚的奇怪錯覺。

研究所的生活低伏沉寂。個人有個人的負重與活路。每個人都是單獨運轉的星體。時間的計數像是以沙漠中偶遇的樹作為單位，地平線拉得又遠又平，幾乎看不見。有次我與這住在宿舍裡的友人約在校門口旁的速食店。友人來了，戴著口罩，一臉黯然。她告訴我，最近因為某種緣故極少出門與人見面。

臉上長了很多很多痘子，簡直毀容。根本不想出門見人。朋友邊說邊把口罩拉下來。

我們依傍著速食店二樓百葉窗的光影。西曬的日光又將我們變成了一隻斑馬。因為是夏日，店裡的空調開得極強極冷。那使得覆蓋在我們身上的光，都莫名地冰寒了起來。在陰翳與光亮的交界處，我仔細地看了看朋友的臉。

友人的臉其實沒有任何痘疤。那是一張簡潔的、只有光影條紋橫亘在其上的臉孔。

我忽然想起某次在那女研究生的宿舍走廊裡，偶然遇見牆上鏡子裡的自己。那其實是一面平凡無奇的長鏡，在任何老式的學生宿舍裡都可以看見。出門上課的女學生們日日經過這面鏡子。在離開洞窟、踏進夏日亮晃晃的白日以前，她們必會在這鏡前掠過自己的臉，把那只屬於這個宿舍的陰翳的五官，存放在鏡子裡。只是那個無人的午後，三點鐘的日光將鏡子裡的長廊，搖盪得晃亮了起來。我忽然駐足在那面鏡前。那鏡中身後的走廊長而闃黑，幾不見底。在明與黑的極致反差裡，不知道為什麼地，我感到有點暈眩，並且因此而使得眼前鏡中的自己，五官的線條與輪廓，也緩慢地分岔開來了。

從那洞窟般的學生宿舍裡走出來的友人，究竟在出門前的鏡子裡，看到了誰的臉呢？這樣想著的時候，就想起那宿舍苔蘚般的牆板，為什麼會如此地陰涼呢？還有那闃黑的長廊裡，洗石子地板的縫隙，傳來水泥鬆動的潮濕的氣味。

而雷陣雨很快就要下下來了。

在車上

有一日，沿著中港路，車子的廣播忽然流出了陳昇的歌。電臺裡有一個低沉的男聲，他說，秋天到了就適合聽陳昇了。我沒有停下車子，在原本要去的地方，輕易地擦過，將路開到了一首歌的盡頭。說來可笑，在這座城裡其實沒有什麼我真正要去的地方。沒有課的白日，我經常一個人開著車，沿著這樣一條筆直的路進城，穿越高架橋底下的涵洞。進城的路上，這樣接續而來的涵洞總共有三個。它們底下的陰影把我摩擦成一隻光影交錯的斑馬，和其他的斑馬放馳在這理應加速的道途上。也許我該問的是「能」而不是「要」：在一座不知該以陌生抑或熟悉待之的城市裡，沿著一首往日的歌，我能將一部小車開到什麼地方去？白日裡我在邊郊的超市買菜，提衛生紙，抱回貓砂與糧食。在煞車板與油門的縫隙間，忽然想起了很久以前在北方的城市，為了聽完耳機裡的一首歌，而在恍惚間坐過了一、兩個捷運站的事。

中港路其實已不叫做中港路了。在我搬進這座城的時候。它早我先認識它一步地被改換了名字，成為了另一條路。如同淡水線倏忽轉了彎，移花接木地。某天以後，某些必然的抵達忽然失效。比如有一天醒來，我就忽然醒在這島上中央的城市。離什麼地方都近，離什麼年紀都遠。

不開車出門的日子，我亦曾拿著北城寄居時買的悠遊卡，在島一樣的公車站上車。十公里免費。再十公里免費。膠水一樣地把那些截了頭的短路黏接在一起。三十歲以後從頭認識一座陌生的城，和在這個年紀重新結識朋友一樣地困難。心與皮膚老而堅硬，指尖的指爪細長鋒銳，而所有的感官竟都是破碎。常常，我在一公車不斷繞路後的某地站牌下了車，往前與往後，皆是再尋常不過的街市風景。這裡是什麼地方？我無法辨識眼前的風景與過往居住過的任一城市之差異。它們皮膚一樣地覆蓋在我的表層，幾乎只是一張被褥。

後來某日，我就忽然理解那半透明狀的薄膜所為何來了。沒有傷口的地方，沒有種植。終沒有一棵自己的樹來遮蔽自己的影子。心室若是輕斜地偏移，日晷一樣地，一公里也是異鄉人。

§

搬到了此城才開始學車。如同搬到花蓮才開始真的寫字。往往一種技藝來自一種命運，一種命運則決定了心底寄居的一座城池。我常想人與一座城的關係往往來自某種偶然。而成年以後搬遷的地方，便因此像是繼母一樣的存在物。某段時光逝去，你不得不被催逼著跋涉一段路程去抵達另一座城；租屋，購買簡便（而易於裝箱或拋棄的）家具，熟習新的通勤道路。這些寄居的城市個個都像是某種託孤。生活所剩的餘裕，皆耗在和解。二十二歲我剛踏進臺北時，也有過那樣一個多雨而尖銳的繼母。冬季盆底的水氣陰濕浸骨。東北季風刮人臉面。我與她共同居住在一個屋簷下，有時被她殺死，有時我殺死了她。

內殘自毀的日子畢竟屬於二十世代，過不去的日子亦是。但過著過著，竟真的過去了。搬離北城時我想，我永遠也不會喜歡這座城市，如同世上長久並存的許多關係：並不喜歡，只是習慣而已。而今我搬進中部的這座城市，竟已跨越了那條三島由紀夫緯度，在日復一日的重複中洗滌著一條又一條的日子，緩慢學習在一篇文章裡安置此地的名字。往往人用寫作去指稱故鄉甚或一個陌生的他方是一件相對容易的事，但要指稱自己繼母的名字卻需要長久的練習。每每在新的城市裡我自介「我住在……」、「我是……人」，都有一種害怕被誰拆穿的罪惡感。日常話語掩蔽了那些遷徙的路徑。像是日日浮在這座城上三公厘處，假裝腳踏實地的生活，忽而竟也理解「汗毛豎立」四字是一種什麼樣安靜且無聲的意思。因為每根毛都沒有緊貼著皮膚，哪裡都可以生活，卻也哪裡都沒有活過。

此地其實待我不薄。秋日的日光涼薄如蟬翼，抵達沙鹿前的海線斜坡，整個下午就有了那種芒草的金黃。冬日高曠，坡上的電塔孤獨而荒涼，冷高壓的線軸壓花般地壓過了天空，多的是乾燥花般低垂懸吊的日子。春夜多霧，有時在一條暗夜的路上，我開車爬上了大度山的坡。山路低緩，開著開著竟忽而身陷五里霧中。擋風玻璃霎時一片朦白，只剩下遠方霧裡的車燈，一明一滅地，像在夜路上忽遇見了一隻打著燈籠的白狐，被牠的尾巴摩挲了臉頰。

§

但我其實已離作為一女兒的時期甚遠了。

結婚的時候，迎娶的飯店訂在梧棲港旁，一個面海的房間。港邊起重機的燈光終夜明滅。我幾乎要以為這是在異國的某城了。海濱碼頭空曠無人。這就是我某日老死埋骨的城嗎？旁人說拜別儀式時應該要哭，或許正因為這「應該」二字，在眾目睽睽的企盼之下，我竟哭不出來，甚至有點想笑的氛圍。像小學時被點到回答問題時的尷尬氣氛，既說不出是也說不出不是。其實我應該像個成人，說些什麼來結束這回合，畢竟沒有人想被懸吊在那裡。成人的意思是：要盡量讓別人感到舒服。最終是成人的母親出聲解了圍：算了吧。免這工夫。以後你就是此地的人了。

母親不會知道，在許多時間的節點上，往前與往後，我總是無話可說。丟掉扇子。潑一盆水。踩踏火爐。踏過火爐的時候我曾幻想那白紗的裙尾會不會就此燒了起來，擾亂程序，延遲儀式，所有人驚恐一遭。我應許會在心底哈哈大笑。年輕時我在張惠菁的小說裡讀到，出嫁的新娘從禮車裡丟出去的扇子正恰好打中了一隻貓。忘了那貓後來是不是搖搖晃晃地站起來，抑或就此昏死了過去。所有的敘事原來都為了繞路。

而大度山的這一邊，其實是難以繞路的。路熟了以後我才知道出了國道涵洞往東海方向的中港路是一條極逼仄的路。每日有通勤的人從城裡出來工作，從城外進城上學。路的兩旁看似分支甚細，都是逃避與繞路的洞口，然而細路多歧，盡頭不是永無終止的綿密巷弄，便多半是戛然而止的死路。我曾想過避開中港路下班時間的尖峰車潮，將車子打彎開進了工業區裡的產業道路。殊不知廠區裡的道路星羅棋布，根本無限延伸的歧路花園。天黑下來，我卻還在路上打轉，找不到通向聯外道路的方向。路旁是中南部工業區裡隨處可見的大排水溝渠，水聲嘩啦嘩啦作響，櫛比鱗次的低矮廠房一座接連著一座。偶爾有幾個大眼睛的外籍勞工停下腳踏車來注視著你。他們的眼睛閃爍著困惑的星芒。這裡是哪裡呢？我究竟把車開到了一個什麼樣的地方？很奇怪地，是在那樣一個日常生活的化外之地，沒有遊客，沒有在地的人。我第一次隱約地想起，這裡是一個叫做「臺中」的地方。

§

不塞車的日子，從校門離開。只有中港路能抵達中港路。這一次，開車的是J。

我問他，大度山究竟在什麼地方？為什麼沒有人告訴我它明確的場所？J偏著頭想了想，說，這裡就是大度山吧。或許，我們住的地方，就在大度山裡。

但是我們從城裡回來，走同一條路，筆直地爬到高處。這條路兩側的高樓幾無變化。一點也沒有上山的感覺。我說，我們真的在山上了嗎？為什麼路沒有轉彎？地理課本上說，世上所有的山路，都是蛇一樣地盤著山往上爬。

山腳就是這座城的脖子。每次，車到了國道的高架橋下，我都會想，啊，這裡是肩膀，緊接著是脖子。過了朝陽橋，慢慢抵達城的唇。城之心。開車的時候，真像是接吻。四腳輪子滾著滾上了城的臉。即使是陌生人，親吻幾次，可能也會產生愛罷？這真是一個過於浪漫的想像。仔細一想，親吻幾次而產生的愛哪裡浪漫？真正的浪漫是一條一去不回頭的路，一見鍾情，所以無須回返。仔細想來，那日日壓輾過大度山的中港路其實是一條坐三奔四的路。蘋果皮般的下山方式畢竟是屬於高山的。被中港路劃過的城郊的矮山，只能是電剃刀般地在腦勺上推延著，推延著，終劃過了整片山坡的植被。所謂前中年的一種風塵僕僕，大抵如此。

天涯歌女

搬進C城任教的學校，宿舍在一條荒僻道路的盡頭，杳無人跡。常有開錯路的車在路的尾端迴轉。他們要去的往往是牧場之類的地方。有次有個男子停下車來問我教堂從這裡怎麼去。我指畫一下，他並不知所以。這是當然。世上總有些地方沒有被人造衛星或Google街景車收納進去，比如我所在的地址。有誰會在地圖上特地為誰指認出一條哪裡也不通往的路？其實男子要去的地方並不是教堂，而是教堂旁的女學生宿舍。他告訴我，他的女兒在那裡等他，要和他一起把冬日的行李搬回北部的老家。

印象中這幅情景在我大學時代幾乎沒見過。也許我大學時所念的學校遠在後山的花蓮，同學大多來自西部，長途跋涉往往需要兩天一夜的時間，因此少在宿舍區看見這種一家大小棉被行李遷徙的景觀。我永遠記得一個寒假，我與一位下學期將要休學的朋友走很長的路，到學校附近的小火車站去搭車的事。那朋友將一巨大行囊背在背上，拖著一口行李箱，我被分配到的是一隻有提把的鍋子。在火車站的月臺剪票口，我慎重地將鍋子送還給她。「以後的路，讓這隻鍋陪你一起走。」當然我並沒有說出這麼搞笑的話。冬日的空氣涼薄且寒，且莫名地帶著一種透明的蟬翼之感。我不知道和這位友人分別以後，還能用什麼樣的方式聯繫她。那畢竟是一個還沒有聰明電話的時代。選擇一班火車等同選擇一個自己的時間刻度。回家則永遠是一個人的事。而寫作可能也是。無怪每年在創作課的課堂上提到余華的〈十八歲出門遠行〉，教室裡總浮上一層不置可否的斷代氣氛。或許現實裡有路可退的時候誰也不會想過真的寫作。每年我都告訴修課的同學，有許多事其實比起寫作更容易讓人快樂。逛街。旅行。遊玩百貨商場。寫作究竟是什麼呢？每年在課堂上我們所演繹的，畢竟只是馬戲般的雜技罷了。

C城位居臺灣的中央，離南方不夠遠，離北部亦只需兩小時車程。高鐵轟隆隆駛進來的時候，「故鄉」這個詞彙被輾出了無盡的毛邊，芒草一樣地。奇怪的是我哪裡也沒有去。也許再也沒有一隻鍋子魔毯般地飛輾進我的生活，神燈巨人那樣地把我帶向遙遠的他方。拋三奔四的路上友人間最常聽聞的交談：結婚與否？買房貸款與生產與否？（初始我很驚訝生孩子這樣私密的事竟亦可在各種社交場合被理所當然地談論）皆是種樹般的植栽工作，需要小心呵養。植栽的意思是：你掘了一個洞，把自己的雙腳深埋，然後就此變成一棵樹接受各種灌溉。我聽過一種施灌棗樹以牛奶沃肥的植樹方法。我想那棗樹必定在夜裡立地變成嬰兒。它會否在奶與蜜的乳夜裡夢見自己的旅行？不知夢中夢見自己的棗樹本人，究竟是一個嬰兒，還是一棵樹？它的腳趾會不會也沿路開出了花來？朝馬下交流道的中港路兩旁，地方客運的五花招牌一字排開：臺西，麥寮，鹿港，斗六，虎尾，布袋……那些地名籤詩牌陣一樣地沿路散落開來。如果年輕一點，我或許會在此地跳上任意而來的一班車，以為它們指向各種命運。

屬於命運的，畢竟是另一件事。初教書時我有時會被十幾二十歲的學生問及以後的夢想是什麼之類的問題。這提問對長他們一輪的我而言顯得天真且讓人不知所措。我想他們並不是真的問我，為的或許只是一種說話的感覺。年輕的時候，胸口的地方總像破了一個洞，需要很多說話的感覺。需要話語像水泥一樣填補那些空空的洞穴，最好密不透風。

四年一輪送走了輸送帶上的學生，他們究竟到什麼地方去了？還在某地某家公司某個工作場合的陰翳處孜孜矻矻地寫作嗎？不為別的，也許為著的，也僅僅只是一種說話的感覺。真正的說話，像歌一樣。讓人唱著唱著就哭了。像海岸的岩穴裡棲息著冬日的動物。骨骼發出聲音的時候我真的知道自己正在歌唱。歌裡唱著的，究竟是歌中的自己，還是聽歌的人？也許寫作從來不是為了歌人或者歌。在未來的時光裡，世界毀棄，鐘鼓消靡，一個國家在災難中連同字詞一起被完全地遺棄。那些意義在字死盡了以後成為飄蕩的鬼魂。許多年以後，被人從遺址的黃土裡掘出。「這是什麼？」困惑的考古學家摘下了他的小帽子。沒有人知道的一段故事輕薄如蟬翼（這真像是多年前那個冬日的山村小站它在嚴峻的東北季風裡輕得幾乎快要飛起），輕輕一吹就在風中脆化散去。字與魂，不啻只是彼此的殼穴罷了。

我沒有告訴問這些話語的學生們，我真正想成為的並不是一個寫作的人，而是一夜夜流轉在不同酒吧裡的歌唱的女子。女子的背上背一把吉他於是哪裡就都可以是天涯。歌裡唱的不是自己，而是他人的故事。我喜歡聽歌的人只是因為一首過去的歌就在那酒吧陰暗的角落裡安靜地掉下眼淚。又或者那是一個流浪的歌唱表演團黃昏時在小鎮的街上拉起了他們的手風琴箱。帳篷裡點起火時有人便靜靜地哭了起來。不是為了自己，而是為了他人的人生。那會使我感覺自己成為了一個比較好的人。但我終究沒有成為一個走唱的人。只成為了一個在城市地底尋常包廂裡點一壺膨大海來既歌且哭的尋常女子。那些上世紀的MV透過包廂裡的寬螢幕視窗折射在我們臉上，不知為何總有一種滑稽的違和。歌裡的愛情像是年輕時第一次走長長的路只為了抵達一個人的窗臺下，有一種奇怪的義無反顧。那些老舊且雜訊唰唰的MV裡，總會有一個披髮的男子或女子。字幕上緩慢爬過一行：如果還有明天。你想怎樣裝扮你的臉？

如果還有明天。唱過了午夜。包廂裡的人聲鼎沸，時代的歌曲正在不同的房間裡開始沸騰，就要滾了熱了。但我們的時間已經到了。如果還有明天，我們將要學會愛護肝臟的技術，魚貫乖巧地走出這地底狂熱的包廂，走上夜風漸大的午夜街上。只是，在回家的路上，一個不留心的甘願想頭，讓人拐進了年輕時常去的那家酒館。

酒館裡一派灑落。座中有人，皆是你年輕時交逢的朋友。有人已經死了。有人不知出發去了什麼地方。你們推門進去時，他們全都微笑地跟你招手，好像從來沒有變老過。音響裡正播著石川小百合。是二〇一三年版的かくれんぼ（〈捉迷藏〉）。不知年逾花甲的石川在錄音室裡重新唱起這首初出道時的歌曲時，會有什麼樣的感受？是否也會覺得這半生唱過的冬雪北地與南方之海是かくれんぼ一種？歌詞裡寫：唱過了北國下雪的街，唱過了南方青藍海洋的街；我為什麼被生下來呢（なぜに私は、生まれたの）？那一定是為了歌唱了。而店外的城市，其實早已被置換成了另一個了。我們於是在吧檯上就著昏黃的燈光坐了下來，點上酒來跟著打上了節拍。傾刻間我忽然覺得自己衰老了下去，又倏地回到了多年以前。一生若在這樣的酒館裡賣歌維生，在歌裡老去，是多麼快樂的事。

輯三　天黑以前

某傻子的一生

K不知道他的母親何時站在那裡。那幢老屋。他們老家的八〇年代建築。每個年末他父親會把樓梯一級一級刷上濃厚的新色。同一階的樓梯總是被漆上米黃、咖啡、米黃的配色，那使那整條樓梯看起來像鋪了一條深咖啡色的地毯，通往二樓闃暗的走廊。走廊的轉角即是K的房間。K不明白他的父母為何需要在裝潢老家時在這面朝向走廊的房間牆壁上開出一扇窗子。

「世上所有的窗子，不都是向外的嗎？」K這麼想。

但那扇窗子卻是向內看的。像一隻巨大的胃鏡，伸探進這個有如體腔般的房間。每晚他的母親常來到他房門外的走廊，推開這扇窗子往裡面看。窗下就是K的床。有好幾次K

在睡夢中醒來，聽到窗子被推開的窸窣聲響，K睜開眼睛，發現整個床已被籠罩在一片黑中。他母親站在他頭上的窗戶外，陰影遮住了走廊上的黃光。他母親的身體在背光中成為一枚巨大的剪影，安靜地在外面看著裡面的他。

母親為何要透過一扇窗子向裡面看他呢？K緊閉著雙眼。感覺眼皮外的視線像一條繩子釘死他身體的四個角落。K在緊繃中睡去，直到那海浪般的睡眠終於吞噬了他。再次地睜眼醒來時，那眼眶般的窗子透進了一片早晨的白光。昨夜的獸遠去了。K輕聲躡腳地走下樓，踩踏在他父親日前新漆好的水泥樓梯上，感覺一種足尖冷冽的冰涼。K想起他更小一點的時候問他父親的話：「這油漆的地層裡面是不是埋著一隻長毛象呢？」

一日又將遠去。K沒有下樓，在那埋有長毛象的樓梯上呆坐了很久，轉身回到了二樓的轉角，他房外的走廊。整個屋子靜極了。他推開那扇走廊牆上的窗戶，從那裡俯瞰著他空蕩的床。K在那床上看到一個凹洞，人的形狀，他昨夜睡出的一窪凹陷。他有時會輕聲地跟那凹陷問好。「嗨，你好嗎？」然後忽然驚覺他的背後或許有著另一個看著他的人。

但有時K便覺得那只是他的大驚小怪而已。尤其當他的父母在黃昏時相偕回來後。二樓變得愈發幽暗昏黃了。黃昏的光線斜緩而低垂地曬進了走廊裡來。K急忙地下樓和他們說話。二樓便在那樣的金黃裡凝固成了一塊流淌的蜂巢。整個屋子靜極了，K卻感到耳鳴。他下樓來。他的父親在客廳轉著遙控器，而他的母親則若無其事地推著老花眼鏡讀報。睡覺前K再也沒上過二樓，他和他的父親母親們一起共享著一日的歷史，關於電視新聞上的災難、耳語與緋聞。關於房子以外的世界。晚安。晚安。晚安吧。樓梯底下的長毛象。K後來稱他的童年叫做「冰河時期」。

食人花

年輕時獨居在某一公寓，偶爾想過某日忽然死在房子裡，手機通訊很少發送，平素交游又少恩仇，自也無人尋上門來。普通獨居女子的普通死去，輕薄得跟桌上的灰塵一樣，輕輕一吹就從世上煙消四散。這死來得太過平凡，以致連恐怖也顯得那麼日常：泡麵的空碗在水槽裡堆積。積塵的地板尚厚重未洗。陽臺外吊掛著一件兩件曬得纖維鬆乾的衣服。掛了數日，像有人日夜吊死在那裡。因我長年晝伏夜出的隱僻生活，這樣的死與活著的時候其實無甚差異。它像是一張無盡延展卻又完好光滑的表皮，沒有線索，沒有埋設下任何伏筆，且極適合發生在一則推理小說裡：凶手永遠佚失，凶器永遠不見。永遠會有新的角色湧出來問：「她到什麼地方去了?」（推理小說所不能抵達的?）

現實裡我什麼地方也沒有去，只是繭一樣地將自己摺疊在租來的公寓裡。生活是昨日與今日的除式，從來不能完全整除。而我日日拖帶著一點昨日的殘餘，洗牌也似地將日復一日的自己們重複刷洗，並把她們都關進了樓房公寓逼仄的衣櫥裡，養出了一隻動物。那租賃的公寓樓房側身在一條鬧區的僻靜處，室內只有四、五坪大小。玄關處一方小流理臺，臺面內嵌電磁爐具。我經常用它煮食，因可連續數日不必出門。不知是否因為土象星座的緣故，我很擅於長時間吃同一種東西，並且奇怪地形成一種令人心安的規律。電磁爐是一種非常容易的電器。容易的意思是，它表面平坦光滑，只善發熱，卻不生火花。斷電後一分鐘內即完全冷卻，只留下爐上兀自滾燙的湯鍋，彷彿方才的加熱只是幻覺。這每日的煮食活動因此太像一則隱喻，沒有火候大菜，沒有饕法講究，只有日常瑣碎渣滓滾沸一起，彷彿我與世界的關係。我曾想過也許年老以後的某天，我仍居住在這爿四、五坪大的房子裡（我曾非常認真地跟我的編輯談過這種可能性），在早晨的穿衣鏡中變得愈來愈老，看身體的皮一天比一天鬆脫，蛇一樣地一年蛻上一件新的人皮。隔鄰的鄰居搬來又換過了一批——她們皆是這城市裡獨居上班的單身女子；這屋子趨近明星學區，整幢大樓都是隔成一間一間的套房，以便買主為他們的小孩寄放戶籍。房價隨著地皮年年翻漲，而年年我都隨著新的契約被跟著一起變賣給下一個房東。這些歷任的屋主從未拜訪過他們的屋子。他們究竟買下了什麼？（沒有看過的東西可以買嗎？）一則地址？一個看守屋子的女子？還是一窪一年比一年掘深的洞窟？

往往屋子本身存在得比人更久。它們固執地像一棵植物被生根種下。無以逃走，故而有壯大的意志盤根生結，長出自己的臉孔。年輕時我極喜愛卡夫卡晚年的一篇小說〈巢穴〉。小說裡的故事本身其實百無聊賴：「我」在牆上挖了洞；「我」住進洞裡；「我」在入口埋設柵欄；「我」徒手掘深洞。這小說的驚悚處並不在屋外的敵人與戰爭，而就在這食人花般長出舌頭與牙齒的洞穴自己，愈是安全愈把你吃得不剩一丁點骨頭，如同我在這屋裡的生活。花苞裡的女子被花吃盡了吐出渣滓再白骨般地修煉回人形。沒意識到自己是妖，還過著常人的生活。住在這屋子裡的時候，我經常想起獨居在老家房子的母親。自十八歲離家以後，十數年來我與母親同住在一個屋簷下的時間，全數加總起來恐怕還不到半年。深夜裡自長途車返家，不知是否整夜的車廂搖晃，使我的耳腔孔洞嗡嗡作響。夜裡輾轉從市區轉車回到這闃黑僻靜的小鎮時，總有一種踏空的飄浮感，需要一小段降落傘的時間，讓自己的雙腳緩慢落地。而母親的側臉在日光燈管下被拉得崎嶇而長，五官失去了牽引彼此聯繫的線軸，在黑夜的屋子裡四散漂浮開來，又緩慢地聚攏過來了。啊。這就是母親嗎？母親的五官在我的腦海裡慢慢地湊齊，和現實裡的這張臉孔面對面對比，顯得恍惚了起來。

那樣的老家二樓的走廊盡頭，有一間陰暗的廁所。牆壁上懸吊著一盞低燭光的黃暈燈泡，有一個某種年代流行過的深藍色馬桶。那廁所自童年時代起即是我夜半的夢魘（在港片盛行的九〇年代，那深藍色的馬桶底部總有一隻手會在夜半伸探出來，遞給你衛生紙——）。離家多年，它自然無人地荒廢了，連母親也懶於使用與清掃。它像封印一樣地被釘掛在二樓長廊的盡頭，誰也再沒靠近過。一幢房子裡有一扇十數年未曾打開過的門，這聽起來實在太像一則鬼故事的開頭。某次過年返家，年夜飯後，我與妹妹戲稱那是「鬼屋廁所」，一旁的母親竟惱怒了起來。

「這屋子還沒毀，我先變成住進來的鬼。」母親說。

婚後某日我忽而明白或許母親就是那座房子的剩餘，和洞裡長出臉孔的食人花一起活在那房子僅剩的今日。夜裡掉光五官的母親吞食了花，再從體內長出花來。不知究竟是花吃掉了母親，還是母親吃掉了花。她們變成一種共生的藤蔓植物。觸鬚的手臂鑽探進牆壁，取代了牆裡原有的鋼筋，奪胎換骨般地，變成這房子另一副汰換後的骨架。

妹妹告訴我，有段時間，阿姨經常會到家裡來，陪母親一起睡在那懸崖般的二樓房間。因為那走廊盡頭的鬼屋廁所已經封鎖多時了，通往一樓的樓梯在夜裡一摺一摺地，像是誰的鋸齒。母親為阿姨準備了一個臉盆，就放在那闃深暗黑的走廊上，讓她可以在夜裡不必下樓，就能在走廊蹲踞小便。

因為實在太安靜了。妹妹說。那聲音聽起來就好像有人在哭一樣。

聖嬰誕生馬槽時

少小離家，童年的友伴用一種我所不知道的速度與我各自長大著，彷彿兩個曲度與向量皆完全不同的宇宙。我有幾封被收在掩塵的舊鞋盒裡的信件。那是初離家到市區的中學去念書時，留在故鄉的小學同學寄給我的。那鞋盒迄今仍被放置在老家房間裡一條通往頂樓的樓梯底下，神祕而積塵的三角形地帶。我想起初上中學時的那段時光，在家的日子裡，我有許多時間都把自己關在那個樓梯底下的三角形區域。

和我共用同一個房間的妹妹走進來，蹲下身俯看我：「你又坐在那裡做什麼了?」

回想起來，那真是成年開始之初的一個艱難的起步。母親說什麼也不讓我轉學回家鄉。那是一個校風嚴厲的教會中學。男女分班。據說早年還有駐衛警防守在男生女生班級的交界，不許越雷池一步。小學班上唯一和我一起進那所學校的男生，很快地就加入了這所學校所布置的隱形規訓的行列；不知是青春期的尷尬，還是出於重新獲得一種身分的自覺，每次在校園裡不經意地碰見，我們總是假裝沒看見對方。「啊，要是打招呼的話，在這個校園裡，一定是要被浸豬籠的吧！」那時的我認真地這麼想著。然而班上的貴族小姐們卻表現出一點也不在意的樣子。我記得某天午休結束後的第一堂課，那頂著一顆飛碟頭的女導師氣沖沖地走進教室來，邊拍著黑板，邊叫一個女學生站起來。

「昨天放學後和你走在一起的那個男生是誰？」簡直就是十八世紀的公審會堂。

只見那貴族小姐滿不在乎地翻了白眼，沒好氣地回應：「是我表哥。」全班發出爆笑聲，女導師簡直氣瘋了。一旁的貴族小姐集團們則掩不住笑意地全都掮著課本嗤笑著。

幾次下來，我終於理解，在這個學校裡，所謂的規範，也是布置的一種，是為了布置出充滿教養、卻又桀敖不馴的貴族氣息所立下的規則。沒有人會真的遵守它們。相較於每天土裡土氣地拚命讀書、裙長總是過膝的好學生而言，再怎麼努力也都僅只是好學生而已。這裡所崇尚的價值，不是成績單上的分數，或努力念書這樣單純的價值而已；而是表面看似不勞而獲的美好光榮——不需要特別讀書的小姐們每天和男生班級的男孩子們玩在一起，月考前總是說「我沒有讀」、「不知道為什麼要讀」這種話，然後考試成績總是驚人地排在前三名。好像生下來所有人都會彈鋼琴，一放在鋼琴鍵盤上，所有人的手指都會自動播放舒伯特或蕭邦。不能特別努力，努力的人渾身散發著地味。高貴的人是並不努力的。

十二月的聖誕月來臨了。我卻覺得格外地孤獨。校園裡處處都充滿著耶誕布置；舞臺上虛假的馬槽，鬼娃般的聖嬰，等待著扮演瑪麗亞的女生上臺。還有張燈結綵的園遊會。從孤兒院遠來的孤兒們，從五歲到十五歲，一年一次一車一車地被從偏遠山區運送過來，交付給女學生們導覽。那年我大約十三歲，而小學時代要好的朋友，已在故鄉生下孩子了。「你一定不敢相信，小孩咚一聲地掉出來，正好掉在馬桶裡……」友人的信上是這樣寫著的吧。那是一個尚沒有LINE與ＦＢ的年代。信件寄到我所寄住的學生宿舍時，簡直像旅行過了半輩子。那信件上的話語，也像是從未來的某地寄來似地，未來的時間，真正的生命從來都發生在遠方，只有我還留在原地，與那半開玩笑似的馬槽站在一起。一起合照，一起假裝生下那塑膠做的聖嬰，一起引領著那一車一車遠來的孤兒們，從耶穌的第一個門徒開始，扮演著聖母的故事。直到聖誕節的園遊會整個結束，然後再從尼龍繩裝飾成稻草稈的馬槽裡爬起。聖嬰誕生馬槽時，從來不曾有過真正的嬰兒的哭聲。此後的日子，我再也沒見過那些故鄉的朋友們。不知是什麼使我們相隔兩地，走上了不同的道路。迄今那年少時代的信件們，仍標本般地被封存在陳舊的紙盒裡，如同一枚乾掉的嬰孩。彷彿我也在十數歲的時候，懷過了那樣一個沒有臉的小孩。

數學課

剛過去的二二八跟每個過去的二二八一樣，印在二月日曆的最末。撕過以後，三月便若無其事地來了。對於我這樣一個生於八〇後的世代，這三個數字的敘事學意義或許還遠大於它所承載的真實，聽起來像長夜裡誰說的一個鬼故事。天明以後終要煙消雲散，曝死在白日的照曬下。那應是夢魘罷？而這個時代，巨大的白日豈不比夢魘來得更迫人？白日裡你在街上晃蕩。不是夢遊，卻感覺所有的人都在做夢。你開口想叫醒身旁的人；口裡吐出音節時，便赫然驚覺你早已在一個醒著的世界裡。要怎麼使醒著的人醒來？這真是一個俄羅斯娃娃也似的命題。也許扁平的白日就是那個魘。而真正的鬼魂到哪裡去了？多出來的一日裡你放假。野餐。逛百貨公司。感覺自己踩在他人的凹陷處。日子遂理直氣壯地癱軟了下去了。

唯有一個故事，發生在那無有話語與敘事介入、尚屬蒙昧的經驗時期：小學的時候，我也待過那樣一堂「說臺語要罰站」的數學課。數學老師是一將屆退休的年老教員。講一口外省腔的軟糯國語，像是朱天心的某些小說人物。長大以後在一些講演的場合，提起那童年時代的午休的懲罰，總有稍長一世代的長輩驚詫：你這樣的年紀也經歷過這樣的事？八〇年代的北方已然是一座看不見的城市。卡爾維諾式。星羅棋布的後現代大網滿天撒下。我的懲罰故事顯然是一個平行時空。或許那是因為南方的鐘面，比起北方硬生生地撥慢了一格？於是在那時差的失速之外，才會遭逢這彷彿去過了龍宮才回來的浦島太郎。

那其實是一座日治時期據說插滿亂墳的小學校，供給軍隊執行槍刑。戰後改建，每個轉角遂都布滿了傳說。有一次在教室後方老舊廁所旁的空地打羽球，羽球掉進一個地洞，沒有再浮上來過。所有的孩子都靠過來圍著這個洞。一個同學蹲下來，丟了一枚石子下去，沒有聽到回聲，於是就有人說那一定是不知通往何處的無底洞。這校園的地底原來是一個巨大的祕密。布滿祕徑與鬼魂。小學的我沒有過因說臺語而被處罰的記憶，比較關心放課後有誰會來這死寂靜謐的校園將我們帶走。黃帽子的路隊都走光了以後，整個校園，就變成了一支風笛的體腔，發出那種低鳴的聲響。我與幾個同樣等待母親來接送的女同學，被那年老佝僂的數學老師，招手進了他在學校後門的低矮平房宿舍。日後想起，那或許也像是校園傳說的一種？印象中那屋子裡有隻長毛的老狗，毛茸茸地，很親切地吐著舌頭。屋裡不知怎地長年不開燈，只有一缸金魚與水草。噗嚕噗嚕地發出那種幫浦的聲響。浦島太郎從屋後拿出餅乾鐵盒，鏗鏘一聲，像打開月光寶盒；忘了是不是有光突然從盒中竄出，一瞬之間就使他變得更枯更老，像那些電視劇裡的法術橋段，屋外的時間頃刻過了三十年。多年以後進了學院，在一堂小說課上，這浦島太郎的故事光譜微微地傾斜位移，找到它的座標降落。哦。原來你早已在這裡了。柴師父。

其實這童年時代的久遠記憶與這二月尾端的假日無甚直接關係。談得遠了像是攀附，談不遠則彷彿禿鷹張翅，在一塊俎肉上周旋。我不知道在這個多出來的假期裡，為何要記起它來。只知道大學畢業，進了研究所，每個故事忽然都有了它鑲嵌的座架。某某主義空出位子，要你安置雙腳，穿一雙剛剛好的鞋。沒人告訴你穿不進去的時候是不是該把腳跟削掉，去適合一雙做好的木鞋？削足適履原來都是一件真的事。而其實更多時候我從一門課離開，上到一條人聲喧囂的街，都感覺自己腳下穿著一雙過大的鞋，小孩開大車似地迤邐拖開了整條街。究竟有沒有一雙剛剛好的鞋？又或者那鞋的大小並不是重要的事，是幽靈使得後來的人穿起鞋來動輒得咎，坐立難安？操持也好，放下也罷，都需要說法。而我輩之人在學院的內外談起這個政治符號，除了論述，理應（被超我地規範著）還有一點知識分子式義憤，將雙膺填得充血充憤。那樣的一種心憤（並非憤怒）來自何處？那真不完全是來自這三個數字排列組合後的歷史真實——在這個時代談論「真實」，豈不免也有那樣一絲作態的天真？或許它更像是一個歷史演進過程的中繼站。在創傷的幽暗洞口，汩汩流出莫可名狀的液體，分注至這流域的下游三角洲。又或者那其實是一道關於經濟的算式。如同童年時的那門數學課。語種的輸入法換算成藤條的次數（這真是一種極右派的理性美感），所謂的懲罰，原來是一道從沒有起源的數學習題。日後某次做及白色恐怖的影像研究，在圖書館幽暗的史料堆裡，翻到臺北新公園裡斗大的二二八紀念碑，忍不住驚詫於設計者對碑體的理念，笑話也似極認真寫下的，竟也仍是一個算式：這立方形的碑體原來是算盤珠子。且原來是算盤打錯了；二二理應得四，那結尾的八是一個不幸的尾音與邏輯。錯誤的答案。終將會招來暴力與死亡。

死亡的厄運。不幸的算式。還有那經由演算後可料想的正確解答。那即是所謂的境遇與命運罷？但其實我一直是一個算術很差的孩子。日夜修磨，卻從沒有學會算盤的技藝。在那堂遙遠的童年的數學課上，習題作業發回來總是布滿紅字。我不明白雞和兔子為什麼可以關在同一個籠子？我不明白小明（一道習題裡的主人公）為什麼需要在放課後的街角去回買蘋果與橘子（他不是一個和我一樣的小學生嗎）？我也不能明白，括弧裡的算式為什麼要先於括弧本身存在（胡塞爾說：把事物懸宕起來）？一道算式的敘事，數字說完以後就結束了。沒有人告訴過我那些雞和兔子後來到哪裡去了。在下課十分鐘的教室後頭，一方小辦公桌前，那年老的老師用一種低喃且捲曲的聲腔對我說：你算數不好，以後很難走對路……他的捲舌音像一朵北方的花開在嘴巴裡，像是嘴裡有著另一種我所不知道的天氣；他且伸出那布滿爬蟲動物表皮斑點的手指，緩慢地摩挲起我放在膝上的手。

春天裡不知怎麼地又把這件事揣在心上。也許是假期傾軋過來，又傾軋過去。放不放假的國定紀念日，大抵也是一則難以釐清的算式。活在當下的人是算式裡最大的函數。永遠是不確定的X，改寫著括弧外演算的結果。填過數學考卷的人都知道，那漫長的算式宛如深不見底的隧道，通過平原上一個又一個無盡的括弧與平方根；那宛如奧菲爾的地獄之旅，等待著偷窺一張亡妻死亡的臉孔。在一條白日的長路上，你終於忍不住掀起了那危殆的邊角，像把誰臉上的帽子給驀地掀掉。那張臉，像是煞有其事地跋涉完了整整一張考卷後所算計出的極簡數字：一與零，亮晃晃地懸宕在整條算式的最末，什麼器官也沒有。那其實是一張無臉的臉孔。然而，即使僅僅只是這樣的徒勞一種，你走到這裡，不多不少，也花了將近百年的時間。

南方故事

冬天的時候，我到姑母家去。許久不見的姑母，一個人住在南方城市的透天屋裡，很是寂寞的樣子。我很少見到姑母，偶爾在新年的場合見面，姑母總是問我，為何不去看她呢？「有血緣關係的人不相往來最是悲哀，是把我當作陌生人了。」用閩南語說出的這話聽起來，不知為何，有一種姑母其實是對著空氣悲嘆、而不是跟我說話的錯覺。也許是因為每次見面，姑母都像是希臘悲劇裡的合唱團，對我傾訴著同一件事。關於金羊毛。毒嫁衣。悲泣的梅蒂亞翻出城牆去。唱歌的人與歌裡的人都是她自己。姑母只是想訴說她的寂寞，而說出這老鷹般不斷盤旋降落的話語罷。

我沒有和父母的親戚見面的習慣，即使是父母，也保持一年見面不到五次的頻率。「見面太多，會傷害感情。」這樣說著的母親，學生時代有一次想打探我的心事，某次返鄉，忽然對我說：「你若有什麼事，可以把我當作一個鄉下朋友告訴我。」聽到這話而感到好笑的同時，瞬間便忽而轉為悲哀了。母親為何要小心翼翼地與我保持著「鄉下朋友」的距離呢？她是從什麼地方得到了「鄉下朋友」這種詞彙的靈感？畢竟這話語聽起來太像太宰治的一則小說，讓說話的人與聽話的人，都難以自處。於是我感到的悲哀，便不再只是來自於作為對象物的母親了；那就像是公轉中的地球某日忽然發現了自己兀自地自轉，而驚覺悲哀的，並不僅僅只是和太陽之間的距離了。

姑母的透天屋直長長地，在三民區一處很僻靜處，連棟房子的中間，逼仄仄地，像南方會有的任何一棟尋常屋子。從不開燈的入口鋁門往內探看，屋裡一座往上迴旋的樓梯，好像一個不斷凹折繞圈的井。空蕩蕩地。如果從一樓抬起頭來大聲呼喊，那聲音也會交叉般地穿梭迴盪在腔腸般的四壁裡。明明是一個人在說話，聽起來卻像是許多人一起說話。那會是這屋裡的鬼魂嗎？

姑丈已在這屋裡死去多年了。奇怪的是我的記憶裡沒有關於死亡的任何細節。簡直像是攤開空白筆記本，要跋涉前往一則小說似地，到處都遍尋不到痕跡。疾病？謀殺？意外？老死？即使像這樣踩踏在一條推理小說的道途，不負責任地臆測，為著的是音節，不是真相，卻也總讓人停下腳步；我總是一不小心就把路走到了虛構與真實的分歧點。在敘事的三岔路口，姑母一個人坐在這偌大的屋子裡，將自己垂直地懸吊起來。彷彿屋裡從來只有她一個人。沒有過任何人生活的證明。

「我常清洗吊扇。」姑母指著牆邊的梯子。「用這個爬到靠近天花板的地方去。吊扇上總是有很多灰塵，結滿蛛網。」那是一把鐵製的梯子，姑母是怎麼把它扛到屋子的正中央的？

「從梯子往下看這房間時，四方形的屋子，會變成三角錐。」

那是冬日裡的某個寒冷的午後。街廓靜悄悄地。電視機的天氣預報裡有一個女子在衛星雲圖上推移著什麼，好像她的手指，正在推動著窗外街道上空的天氣似地。寒流的藍色鋸齒一痕一痕咬過這座城廓的時候，街道凍結得幾乎要下起雪來。而雪，是真的下下來了。據說北緯二十三度以北的地方有了百年來的第一場雪。而這裡是極南。冬日的冷高壓輾下來的時候，馬路像一隻多節的昆蟲標本，壓花一樣地被乾燥凍結起來，每個指節都沒有彼此通往的路。不知隔鄰的哪家的孩子，傳來鋼琴流洩的聲響。那斷斷續續的琴音，像是刀片切過琥珀，把一整個午後的時間，都凝結成蜂蜜般的固狀物，埋藏在屋裡天花板的一角，發出嗡嗡的聲響。

「前些時候，我想到那個孩子。」

「最後一次見到他時，他走路一跛一跛地。因為生下來的時候，太醜了。所以沒有辦法看他。過了許多年，他還是一樣。好像一直都是兩歲的樣子，只是裝進不同的身體。」

姑母為什麼要對我說起這樣的事呢？那個矮小的、永遠不會長大的嬰兒。即使是離家以前，我也從沒有這樣一個人來過姑母的家，被當作是一個可以傾倒祕密的客人來說話。是因為我一個人來到這老舊的透天屋，帶著腳下的影子，像踩踏一個漆黑的洞，所以很少見面的姑母，是把我當作樹洞那樣地填塞了另一則冬日的故事了嗎。即使這個故事，我早已從母親那裡聽過了。

而這樣的故事在冬天裡聽來，就像是一則俄國小說了。它像是誰在火爐盆裡燒剩的炭灰，可以一邊撥弄，一邊掩埋起來。冬日裡無邊無際的大雪，燃著煤油的煤氣爐，還有雪地裡被丟棄的任何事物，不論是嬰兒，還是謀殺棄屍的丈夫。因為雪很快地便覆蓋了下來了。誰也沒有發現。消失的東西都冬眠去了。反正春天還很遙遠。融雪的日子到來以前，還有一小段時光，可以緩慢地將自己顫抖的雙手冰凍起來。

但這裡是南方。離港不遠的城區。海的腥味鹹鹹地，讓人幾乎要以為海裡有鐵。又或者其實海裡從來沒有那塊鐵。是沿海的消波塊太尖太利，把海割出了血。

我想起童年時我問母親，為什麼我們要住在有人死去的房子裡呢？有人死去過的屋子，摸起來沉甸甸地，像一塊比熱太大的、鐵製的砝碼，在夏天裡很快地變涼，變得很重。即使把肚子貼在冰涼的地板上，也感覺到那金屬質地的重量，熨在背脊上涼颼颼地。

「我長大以後，不想住在有過死人的屋子。」

「說什麼話呢。」母親說，「死去的人都是我們認識的人。就像他們本來還住在屋裡一樣。」

這是發生在南方時候的事。嚴格說來不算一件事。

因為不知道該怎麼給它起名字，姑且叫它「南方故事」。

刺點

偶然在路上遇見年輕的父。父親問我從哪裡來，要往什麼地方去。他的皮衣短窄，牛仔褲管寬敞，阿哥哥式。彼時是七〇年代。邁步的瞬間，被誰定格了。父親就那樣在一張相紙上一直發黃，一直發黃。在老舊的家庭相本裡，他手指裡的菸草從來沒有燒完。

我結婚時，父親已經從他的遠遊回來了。父親的肚子變得很胖。動作遲緩。真真是可以穿棉襖爬月臺又撿橘子的背影了。我幾乎要懷疑他的離開就僅只是為了修磨這個技藝。年輕時的父親瘦癯且高，總在假日帶我們去深山裡遊玩。有段時間他和母親常因爬山的事爭吵，那好像是父親總說要去參加高山救難總隊的緣故。有一個記憶一直留存在我的腦海裡，不知是真是假。有一次我們跟父親去參加他公司的一個登山活動。那山在屏東南方的山區裡，一個叫做南仁湖的地方。童年時的我總把那個地名的寫法想作是「男人湖」，於是很奇怪地，在成人以後，回想起那個旅行，關於同行的母親與妹妹的記憶竟都不見了。好像那個旅行只有我與父親，是一個男人與我的旅行。天黑下來的時候，山路愈來愈窄，我記得黑暗中那山路途經一座懸崖，一邊是緊貼著脊梁的山壁，另一邊則是深不見底的山谷，僅容一人通過。我們排成一條直列，緊攀著山壁上的繩索，一個接著一個地越過了崖邊。在腳下的路幾乎要沒有的時候，我緊抓著在我前方的父親的衣角，叫了一聲：「爸爸！」有隻手從前方伸過來緊緊握住了我，就這樣一路從暗黑的山路到了登山者的小屋。

到了小屋的光亮處，握著我的那隻手回過頭來，對我咧嘴一笑，齒牙在唇角閃了閃，我才驚覺那個被我一路緊抓著衣角、叫做爸爸的人，其實並不是父親，而是一個陌生男人。父親早已在隊伍的前方，回到小屋裡休息了。

長大以後回想起這件事，那條闃黑的山路陡然有了另一種微妙的意義。像是日後在大江的小說裡讀到的四國的山靈。父親在我的記憶裡像狐狸那樣地變成了另一張臉，在瀰漫著夜霧的山路上，忽然法術一樣地消失了。他到什麼地方去了？而我又置身在哪裡？我是把誰的臉孔，誤認作是父親的臉？

婚前回到故鄉，從母親的衣櫥裡翻來舊相本。這相本從小到大我不知看過了幾十回，紅色的皮質封面早已破舊稀爛。有幾張照片是在老家旁清水巖的唐榮墓園裡拍的。我與弟弟的個子都很小，倚在涼涼的白色石頭上。不知照相者是誰？（這真是一個鬼故事式的提問）我想起相紙裡的年紀時，我與父親，經常在傍晚去那墓園散步。天黑下來，我還不想回家，沿著墓園靠近山坳的小徑奔跑。父親跟在我身後，他的聲音壓得跟夜風一樣地低。

「噓。你聽。」他說。

從山坳的底部，傳來像是漩渦般的回聲。

童年的我止下腳步，專注地聽著。

「那是什麼？」我睜著眼睛問。

父親的臉孔在調暗一度的天色裡，慢慢暈散。他說：「是山貓下來了。」

山貓是不會出現在這南方尋常小山的坡道上的。那不過是父親從他的敘事裡召喚來的物事。如同對著一張相紙施展法術，叫喚牠：請來這個故事裡。請來這裡，把我的女兒牧羊一樣地驅趕回家去。如同年幼時那些枕邊的故事：虎姑婆。林投姊。都是肢體破碎的恐怖故事。在父親的敘事裡，它們像是一個孤魂，永遠飄蕩在黃昏之後芒草漫長的溪溝邊，一團沒有輪廓的黑霧。長大以後某一天我忽然理解，如同父親一直活在我的敘事裡，我也活在父親的故事中，像被這團黑霧緊緊跟隨，從來沒有離開過。大學以後的寫作課，第一堂課就把這件事說過了。巴特的《明室》寫給死去的母親，抵達母親之死的道路，總繞得比相紙上的光影還要曲折。每張看似無干的照片都埋有一根刺。若伸手愛撫相紙裡的時光，免不了總要被這刺給割傷了。

父親有留下什麼刺點，在我們的家庭相本裡給我嗎？那像是一個記號般的信物，在我快要忘記他年輕的臉孔時，只要摩挲相紙，尖刻的刺就會紡錘一樣地從相片裡突起，將我的手指刺出血來。我想問父親，關於他的遠行，沿途有什麼樣的風景？遇見過什麼樣的人？在這些時間被凍結的相紙上，父親是否留下了什麼和離開有關的線索？

然而那裡什麼也沒有。父親只是在許多許多的相片裡，很平坦地老去了。跟隨著捲曲發黃的相紙邊緣，一點一點地把自己吃掉。偶爾中斷，像一卷錄影帶失去了它中間的映像；幾段雜訊唰唰過後，又可以持續播放了。那像是一塊黑布，罩著箱子。父親狐狸般的笑臉又出現在黑幕前了，像那隻古老的薛丁格的貓。箱子打開以前，你永遠不知道貓是否已經死去，或者仍然存活？也許那貓早已死過了成千上萬次，只是牠的死亡從未存在我們的現在。在時間的軸線裡，永遠有一個漩渦般的謎，將一切細微凹凸的地表捲入。如同相紙裡的父親從來也沒有把刺點給我。不知是不忍，還是只是不再說話。

鬼魂與觀音

童年時代的某一日，祖母去中國旅遊回來，帶了一枚便宜的綠玉觀音，用簡單的紅色粗棉線串起來，掛在我的頸項。綠色的玉涼涼的，貼在胸前的皮膚上好像聽診器。紅色的棉線舔起來鹹鹹的，我去小學上學的時候，下了課總是百無聊賴地看著同學們討論《莎拉公主》（那是當年流行的某個卡通）的劇情而發呆。不知是無意識的什麼，那時我總會把脖子上的紅色棉線拉起，放進嘴裡，邊吸吮著那種奇怪的鹹味，邊渡過了漫長的下課時光。綠色的玉石貼近我的身體時，我就好像病病的，是一個領受治療的人。

「如果生病的話，就要哭出聲音，讓觀世音可以看到我們。」

「因為觀音就是觀看我們的東西。」

祖母說這話時的臉孔，好像狐狸一樣，在說著一件讓人有點害怕的事。我問祖母：

「如果發不出聲音的話，觀音就不會看見我們嗎？」

祖母瞇著眼睛，微笑地對我說：「人的身體是個洞，只要呼吸，孔嘴就會發出嗚嗚的聲響，讓神聽見。這個世界上，沒有觀音找不到的地方。」

祖母過了很久才死掉。是我高中的最後一年。祖母死去的那日正是端午節。因為忌諱慶祝的緣故，我們有一、兩年沒有再包過粽子。那時我的頸項上已不再坐著那枚童年的綠玉觀音了。中學女生是不戴什麼念珠佛像的地味飾品的。她們編織幸運環，在數學課的抽屜裡折色彩繽紛的紙星星，眼花撩亂地折了好大一罐。有一年的生日我也收到了一整罐。不知道送我的人為何要手作這樣的事物呢？那是「手作」這個詞彙還很素樸的時代。我並不記得我有過值得對方為我做這種事的感情，只是一個始終坐在教室的中間排，身高普通，很是安靜的孩子罷了。也許送我的人也只是無聊。她好像是個熱衷編織、始終很是單純的女孩，很親切地告訴我，關於幸運手環綁在手腕上，斷掉了就會有幸運的事發生。

「如果斷在連自己也不知道的地方，不就再也找不回來了嗎？」聽見這話時的我，很疑惑地偏著頭想著。而所謂的「幸運」，或許就是這樣一件需要用什麼東西來交換的事。

失去某物，獲得某物。世界的算式原來趨近於零。這是一件多麼讓人難過的事。我記得童年時祖母經常掏給我五元十元的銀色銅板，讓我買糖來吃。孤獨的初初上學的年紀裡，我老是把那一枚兩枚的銅板握在手心裡，握得整張手心都微微地發汗而溽濕，發散出那種錢幣鐵鏽的金屬氣味。那味道日久便滲入了掌心的紋路，怎麼洗也洗不去。日後我在學校的小福利社裡用那銅板去換取一瓶果汁或牛奶時，總會有一種犯錯的罪惡感覺。因為祖母的靈魂好像有某個部分停棲在那銅板的內裡似的。果汁買好了以後我便後悔了。因為那十塊錢的銅板被福利社櫃臺裡的年老阿姨收了去，丟進了錢箱裡，發出極清脆的哐啷聲，很快地就被其他成千上萬的十元硬幣們給淹沒了。那瞬間我忽然有一種祖母即將隨著那個錢幣、被流放到哪一個我所不知道的地方去了的預感，因而覺得想哭了起來。

其實我並不很依賴祖母。祖母死後，我一次也沒有夢見過她。不像妹妹，總是在老家深夜的客廳裡，看到祖母鬼魂的影像。我問妹妹：

「奶奶在做什麼？」

「在沙發上坐著，用自己的水杯喝水啊。」妹妹很平淡地說著，好像祖母就存在我與她之間，仍跟我們一起生活。我想那是因為妹妹與祖母，有著生根植物一樣的連結，才能在地面底下隱密地聯繫著吧。我與祖母，就像這輩子偶然遇見的兩個人，隔著時間軸上年老與年少的兩端遙相揮手，很快地就要彼此告別，去到下一個地方了。祖母並沒有把她的一部分當作回憶留給我。祖母所遺留給我的，與其說是與她有關的回憶，倒不如說是一種空缺的感覺。我經常想：為什麼我要來到這個世界上，認識祖母與妹妹之類的人呢？關於親人。關於血緣與生殖。那像是幸運帶的繩結在某個時候隱密地斷裂，啵一聲地墜落到這個世上我所不知道的地方去了。繩結斷裂的時候，有什麼正在敘事的上方凝視著我？

日後我離開那多鬼魂的村莊，如同寺山修司電影裡的賣藝人與雜技團，在夜裡拔營離開了那鐘面始終凝滯的村落，去到了一個齒輪接連著一個齒輪的鋸齒城市，學習和痛苦有關的技藝。在一個偌大如同石室的學院裡，我練習把時間像沙漏一樣地顛倒過來，返轉回去；把肢體彎曲摺疊在一個箱子裡，表演以獲取帽子裡的銅幣，卻始終沒有習得看見鬼魂的能力。我學習將身體的孔竅發出的聲音軟木塞那樣地全數塞起，閉塞著鼻子暫時停止呼吸，泅進深水底部的極限，將死亡當作一種談論的表演。祖母的聲音又迴盪在耳邊了。人的身體是洞。如果我把身體的孔洞都密不透風地釘起，觀音還能看得到我嗎？還是正因為那僅僅只是表演，沒有真正地死去，於是沒有那多出來的餘數一。世界的算式永遠趨近零。

很少想起過祖母。在這個高原般不斷長高攀升的城市裡，昨日剛長出來的一切，很快地就被今日新長成的植被迅速覆沒了。在世界新教給我的技藝裡，沒有那向下掘土、像是砂畫般的技術，可以將死去的鬼魂慢慢地拼回。那像是冥河旁被懲罰堆積石子的小孩，終於有一日發現了這懲罰的荒謬本質，而索性拋下石子回家去了。關於規訓與懲罰的神話，只存在土星進入魔羯前的舊石器時代。只有偶爾在城市邊緣集散著流浪漢與精神病患的寺廟裡，見到觀音的臉孔時，便想起了許久以前，我曾有過一枚綠玉做成的冰涼觀音，緊貼著胸口的皮膚，奶嘴一樣地懸吊在我的頸項前，可以在百無聊賴的時候拿起來吸吮。祖母在觀音的山上，世界的算式永遠趨近於零，觀音已然在罌粟的田裡。

睡美人

越過了三十歲，老家的屋子在夢境裡遂軌道般地遠去了。像一列淡出的火車。我不知道那車廂上屬於我的房間是否亦被搖搖晃晃地一路晃進無邊的黑裡。三十歲以前，我一直以為自己會在這列車上，一起被駛進無有重力的黑洞中，和另一個車廂的母親與妹妹一起。她們都戴上了狐狸般的面具。即使母親不說，我也知道她的害怕。母親常很可憐地看著我說，婚姻是歧路，總有一天你會落車，和我們行不同的路。說著這話的母親，將她遮蔽了半邊臉孔的狐狸面具輕輕地挪移開來，露出了黯淌的唇色。我害怕了起來，有點生氣地對母親說，現在可是二十一世紀。

但是，母親的話語像是海邊岩石的皺褶。有些裂縫，是女性主義者怎樣也抵達不了的罅隙，遠在世紀的向度之外，停棲著小丑魚。那像是童話故事開始時的一種預言，決定了敘事的命運。奇怪的是婚後我真的極少再夢見那幢屋子。母親與妹妹的狐狸臉孔，變得很淡很淡，敷上人皮般地現出了人形。在光天的白日之下，她們的輪廓浮水印般地浮了上來，拓印出現實的側臉。母親與妹妹好像分裂成兩個，一個在白日裡顯現，另一個就在光影裡被漸次地擦拭，黯淡了下去。我擦了擦眼睛。也許變得現實的人其實是我？是我離開了二十世代結滿蛛網的巢穴，走進了前中年的白晝。

唯有一個房間，是至今仍不時出現在我午睡的夢中，幽幽魅魅地，干擾著午寐的漩渦。醒來的時候，沼澤般的午睡爪一樣地攀抓住了我，使我分不清究竟是黃昏還是天亮。那是老家頂樓幽黯的鴿樓。我出生的時候，樓裡的鴿早已不知去向。那廢棄的鴿樓像是一顆屋子生長出的瘤，懸掛在頭頂，燈籠魚一樣地讓這屋子在夜裡懸游。有個記憶不知是否準確。母親告訴我，捕魚的叔公夜晚就睡在那鴿樓上，打著赤膊。那是因為南方的夏日屋裡，實在太過燠熱的緣故。

叔公已死去多年了。是我離家念大學時的事。印象中是一種和水有關的疾病。我沒有回鄉參加過葬禮的記憶，因此總覺得叔公的死像是一個波長十分微弱的回聲，嗡嗡嗡地從海底探測儀裡傳來。我已經死了噢。告訴你們一聲。開玩笑般地。好像他只是住在一口海底的石油井裡，好像那井底住著的是一隻很老的動物。那使得死亡這件事也變得讓人摸不著頭緒了起來。其實我並不記得叔公的長相，卻很記得他家裡有位姑姑十分瘦弱，手腕跟雞爪一樣細。有些暴牙。永遠剪著一式女學生般的短髮。靜默地坐在家門口。

「別接近契子姑姑。」黃昏露出一條牙齒般的縫隙時，母親的話就像烏雲那樣飄過來，鴿樓一樣地遮住了傍晚的天空。鴿樓裡空蕩蕩的，傳來嗚咽的回聲。跟著母親的聲音方向看去，我看到契子姑姑絲質黃色襯衫的側影。西曬的黃昏來臨時，她的側臉就長出了金黃色的毛邊，像一朵安靜發狂的菊花。很多年以後，我在田村隆一的詩裡讀到：「這個男的／是年輕時殺死了父親／那年秋天／母親便很美麗地發瘋了。」很直覺地想起了那樣的姑姑。不知怎地竟有點美麗。

那樣有著尖尖鴿樓的村鎮，多年以後回想起來，竟像是沙漠中的一個小城，發散著西部片般的色彩。北緯二十三度以南的地方，底片的膠捲翳上了昏黃的顏色，一格一格拉得又遠又長。不知怎地，腦海裡浮現的，竟是睡美人的故事。也許是因為那閣樓上的女人日夜踩踏著一架老舊的紡織機，最終被紡錘的尖端給刺出血來，就此昏睡了一百年，像極了這個昏昧小鎮的午後燠熱。它離海很近，離山也並不遙遠。低矮的丘陵起伏像是海港昏沉的午寐。午睡醒來的時候，是下午三點鐘那種安靜的時間。白日的男人理所當然地外出工作了，消失也似地。只有那些圓規般的女人們，在這貓一樣孵著的小鎮裡，立定單腳，緩慢地用另一隻腳畫圈跳舞。不知道為什麼，童年時的我總有這樣的錯覺，好像睡了一覺醒來時，整個村子都被海吞進了肚子裡似的。是海做了一個夢，吹泡泡一樣地將它孵進了透明的泡沫裡。於是母親，姑母，妹妹，還有我，在這泡泡裡走來走去，無論走到哪裡，都觸摸到那看不見的隱形牆壁了。

只有一次，在黃昏的頂樓，積雨雲紡錘一樣地剛好來到我們的屋頂，插在屋頂的天線上，變成了一張巨大的蕈傘。我在那直角三角形狀的灰暗鴿樓裡，看到了蹲踞著的姑姑。

我沒有與姑姑說話的記憶，因為姑姑牙齒排列組合的方式，使得她所能發出的每個音節，都像是一把壞掉的提琴，是用琴弦鋸出來的。

「你在這裡做什麼？」

她抬起頭，用微微暴齜的牙口，詰屈聱牙地說：「等船來把我接走。」

我抬頭看到那頭頂上積雨的雲朵，倏忽靠近，忽然掉下了斗大的雨滴。發出很沉重的「咚」一聲。因而知道雷很快就要落下來了。在雷之前，是大片掉落的閃電，將天空蘋果一樣地劈成兩半。還有傍晚從城那邊回來的男人們，像鳥一樣地，濕漉漉地上了岸。我忽然明白，姑姑在等的是她的父親，從海上把船開到這屋頂來。

母親與妹妹，好像都不知道這樣的事。不知道夜晚的屋頂，會在黃昏過去以後，變成港口。很多年以後，我在一個清晨穿上了白紗，跟著某一男人離開這魘一樣的村子時，母親還在床上深沉地睡著。我把扇子從車窗丟出去的時候，鴿樓裡傳來嗚咽的哭聲。那會是契子姑姑嗎？

那時我忽然想起，父親已經許久沒有回來了。他在某個黃昏結束以後，就永遠地離開了這妻子與女兒皆睡去的村鎮。帶著他自己的敘事，離開了那列彼此鏈結、且永遠不能下車的房子。

黑太陽

前年冬天，我來到這個面海的斜坡學校，上一門叫做「疾病書寫」的課。課室在整座校園的最頂端。課前的時光，我經常搭乘電梯來到頂樓的陽臺。天氣好的時候，可以眺見遠方地平線盡處的海。即使那是像棉線一樣細小的海。我把眼睛瞇起。貓眼一樣的下午來到了我的窗前。

斜坡上總是有些傾斜著身體，正在緩慢上山的學生，他們穿著斑斕顏色的衣服，將身體彎成前傾的六十度。像一隻鸚鵡。他們要去哪裡？剛剛在哪一個課室上完什麼樣的課？對於這些我全然無所知曉。只知道年輕的時候，有些佝僂的姿勢是不可免的。大四才修的體育課上，教體操的體育老師說：轉彎的時候要壓低身體，以重心抵抗離心力；溺水的時候要放鬆，放鬆。水的浮力會將你自己保麗龍球般地浮出水面來。

這些話如今回想起來多麼別有意味。遙遠的初習求生技術的時期，我究竟習得了什麼？關於相聚、死亡與分離。感覺溺水的時候，就放輕身體。如果想哭，要把鼻尖用指頭捏住上仰。脖子開始出現皺褶的時候，就要穿高領衫，不要讓人看見皮膚鬆垮的樣子。

據說兒時我是一極愛哭的孩子。上幼稚園頭一天在家門口跟隨車的老師上演全武行。母親和老師一人拉我一邊，阻止我哭喊。對峙的最後我終於想起大人若要拒絕自己討厭的事時，就會大聲罵幹。於是我對著那彼時年輕而美麗的女老師講了生平第一句髒話，隨即就被母親的巴掌熱騰騰地打上了臉頰。日後我在馬奎斯的短篇裡讀到，借電話的女人搭上深夜的一輛巴士被關進一偏遠郊區的精神病院時，總有一種奇怪的既視感。總會想起童年時代的某個早晨，冬日的霧氣爬滿了車窗，整車的娃娃們在娃娃車上隔著窗玻璃靜靜地凝視，一個無聲的孩子為了第一次離家的哭泣。那凝視裡帶著一種神經質也似的細鋼索，一頭維繫著外面的世界，另一頭則緊緊地纏住了我的小指頭，我們是彼此動輒得咎的小布偶。

在斜坡上，我經常壓低自己的身體，保持上升的速度。在這個多風的城市，有的時候，黑色的太陽滑過雲的背面，會發出那種擠壓塑膠袋空氣的啵啵的聲響。太陽原來是有聲音的。我停下腳步，在斜坡上抬起頭來，瞇著眼睛看天上的雲，才發現那是附近航空地的飛機，被風吹進了雲層裡的聲響。

那樣的一堂課，始於傅柯，終於傅柯。在任何文學院的課堂上，這條路徑像是太陽移動的軌跡，隨著季節的遞嬗而有著微小的偏斜。立竿理應見影。可是用語言所討論的疾病，究竟是一件什麼樣的事呢？在一個密閉的、無菌室般的空調教室裡，夏日午後的冷氣總是過強，令人指畫著便哆嗦了起來。粉筆灰塵漫漶進鼻腔，我經常上著上著就想起多年以前在友人E君的部落格（啊多麼古典的一種載具）裡讀到：「也許將來有一天，我們會知道其實並沒有什麼藝術，只有醫藥……」《臨床醫學的誕生》第一章，談的正是修辭：臨近一張大床般的教室，將食指抵在唇間摩擦。明明是「病」，但我們不能說「病」。原來疾病就是名字與語言。那麼感到疼痛的，也僅僅只是語言嗎？某個下午上課時，負責課堂報告的女生說著說著竟哭了起來。教室裡靜悄悄地。為了什麼確切的事？我已經想不起來了。但我想她也想不起來。老死。病傷。恥辱。恨。又或者是懊悔與哀傷。我們只是為我們所以為的東西所割傷。傅柯說，疼痛起先是隱喻，後來才是病。

E君後來到什麼地方去了？在遙遠的沖繩小島，手持著攝影機，和他瘦癯的攝影師友人，去拍那西表島鬼魅一樣的洞窟植物。戰爭裡沒有死去的老婦人也是藤蔓的一種。在這潔淨有禮的國度最南，夏日的豔陽光敞明辣，曬得人表皮剝落，顯露出焦灼的原型；冬日的季風則粗礪刮人，刀片一樣地在人臉上刻出年輪。她的丈夫年輕時是這西表島上礦坑裡的礦夫。在一次的坍方裡灰塵般地死去，再也沒有回來過。有次E君告訴我一個神祕的故事：他想讓影片的結尾結束在帶那老婦人進去礦坑的深處。

「然後有個神祕的裝置，像是整部電影最細小最核心的零件，可以啟動一個夢。」她年輕的丈夫會回到這個岩壁上，用鬼魂的方式對她顯靈。

生命的極恐怖處。無有言語。眼睛看不見的事物，那紀實如許的紀錄片鏡頭也可以拍得？

我想起許多年以前，還居住在北方的城市時，有段時間，不知是生活與外界徹底地隔絕，抑或者是人生走到了某個難以再繼續前行的懸崖。那段時間，我經常想起母親的事。不是純粹地為了進行「回憶」這樣的工作，而是非常病理式地，一層一層那樣地將回憶作為一種刀片，橫式地斜切進去；我想起與母親共同生活過的各種細節，堆疊成岩層也似的紋理。回想起來，在十八歲離家遠行之前，我與母親，幾乎像是地層塌陷般地彼此傾軋著生活的。於是，當我想整理這些雜亂的回憶時，拉開了抽屜，抽屜裡有一個像是母親的人，但那人其實並不是母親。那是語言背後的妖物，化成母親的形貌，為了我回憶的工作，而來到了我的講述裡。

我告訴E君，關於童年的時候，我有過一個非常奇怪的記憶。那是小學裡開始有「便服日」這種日子的時代。每個星期三，所有的孩子都可以穿自己衣櫃裡喜愛的衣服去上課。

可是到了星期三，上學前的早晨，母親卻忽然拿出了她自己的衣服，對我說：

「你就穿這個出門去。」

母親的眼神澄亮清澈，好像非常希望我穿上那件衣服的樣子。那是一件領口對於小學四年級的兒童來說，仍太過寬大的成人上衣，布滿畢卡索式的幾何拼接。我不知道母親為何要我穿這其實並不屬於一個兒童的衣服到學校去。只知道母親自始至終都熱烈地看著我。而正因為是那樣澄澈的眼神，如果我不趕快把它穿上，母親可能會難過得哭泣起來。

小孩的我在心裡這樣想著。

但其實小學四年級的我，已經是個開始發育、需要穿著有肩帶的內衣去上學的孩子了。母親的上衣穿在我身上，因那過於鬆垮的領口，總是不小心露出了肩膀上的一截肩帶來。

那或許是我生平第一次習得了「恥辱」這個詞彙，並且用這個詞彙，告別了作為一個兒童的我自己。我覺得自己被想要取悅他人的自己給狠狠呼了巴掌，罪有應得。那時我暗戀的男生就坐在我座位的右後方。有次有個女生經過了他，走過我身旁時，淡淡地對我說：

「你又穿你媽的衣服來上學了。」人生想死莫過於此。

母親究竟為了什麼，非要我穿她的衣服去上課不可呢？這個問題，我想即使問了今日的母親，也不會有解答。她必會若有所思地說，有嗎？有過這樣的事啊。年輕的母親是不是有過一刻那樣的想法，想要我變成她呢？使我陰翳，把我吃光。黑色的太陽被關在閣樓裡，從年末到年始，始終在那裡靜靜地懸浮著。不。不。那不是日蝕。不是什麼遮蔽了它，使它成為了一輪黑日；而是那靜謐地飄浮著的本身，就是一輪黑色的太陽。在沒有用語言伸手去指之前，那鬼魂般的黑日，就是我的抽屜裡另一個叫做「母親」的事物。

天黑前的夏天

萊辛的書，印在湖水綠的書皮上，像是夏天裡最末的一日。捲菸草般地，可以把整個白日包捲起來，點火啜吸著。在夏天的天黑以前，散步的背袋裡放一本書就叫做《天黑前的夏天》。指涉之物與字詞同步，一日裡的毛邊就好像可以被排排梳理得整齊了。我想在這樣的傍晚剪一顆乾淨的短髮，把春日裡遺留的多餘指爪剪淨，卻很難做到。因為天黑往往是一瞬間的事。常常在一個散步中途的微微發怔裡，白日說塌便塌。夜已在回家的路上了。

這樣的時刻或許應該搭上迎面而來的隨便一輛公車，畢竟這裡是巴士到哪都十公里免費的城市，鼓勵如班雅明者的漫遊。但三十歲的我竟再也不能像二十歲的時候，從木柵深處的學校被236咖啡杯轉盤般地拋擲進了城，在公館小島般的公車站上，搭上攔腰而來的一班往哪裡去的車。往哪裡去都好。反正不知道該去哪裡。年輕的時候，地點是多麼不重要的事。因為多的是虛擲浪投的時間。空蕩蕩的黃昏車廂裡，那些下班的疲憊女子都去了哪裡了？想來這必是一冷僻的班車路線了。公車愈駛離市區，窗外的風景便愈發陰暗了下去。隔著深咖啡色的透明窗玻璃，看不出天色究竟是黑了沒有。不知道為什麼，那樣的時刻裡我總是有一種安心的感覺。覺得天黑的將臨與這綿長的夏天，都像是這不知終點為何的公車，可以漫無止盡地延長下去，一直開到二十歲的盡頭。

據說住在高緯度的人們因為太陽照射角度的緣故，夏日的白晝拉得極長極長。他們在六點鐘從工作的地方下班，在八點鐘仍一片晃亮的街道上堵車，購物，撐防曬陽傘。然後在十點鐘稍微有點黃昏光譜的小酒館裡喧笑著吃晚餐。多出來的五個小時剪刀一樣地裁去了黑夜，置換成偷來的白天。這個傳說的可怕之處在於那漫長的夏晝自殺的人口據說遠遠高於冬日的永夜。為什麼非要選在這樣明亮的白日裡死去不可呢？有一個畫面始終留存在我模糊的腦海，是一群白衣的人空著一雙黑壓壓的眼窩在晝光裡徘徊。鬼魂也似。賴活的長晝原來不比孤獨耐煩。而那高緯度地方撐著到午夜才吃上這樣一頓晚餐的人，想來也是經過一番跋涉。

其實年輕時我厭棄夏天非常。起因青春期時的各種過敏皆跟夏天有關。這些過敏的巔峰發生在大四夏天，某日開始皮膚的表層忽然無預警地瘋長起海濱植物般的高大蕁麻疹。這麻疹來的時間極怪，每日固定在早晨十點鐘鬧鐘般地響起，且固定在下午兩點鐘左右消褪，簡直充滿霸占的意志。這些凸起的藤蔓從手臂皮膚一路蔓延向頭臉，最終抵達了心，讓人幾乎廢黜了各種機杼。因而那之後我幾乎對所有夏日高溫濕黏的白晝感到一種不懷好意的咒詛，暑假必遲睡至天黑才起床。逃避似地迴避掉夏日漫長的白晝，而後在過短的夏夜裡，把一日理應完成的工作賭徒般地押上。這狀態在二十幾歲初搬進盆底的城市時達到極致，且積累惡習，終成為我至今仍毫無辦法的作息。那時我窩居在指南路往山上的一條斜坡。坡道底下的地下室套房，專租賃給沒有臉的人們。不知是地底恆溫的恩賜還是什麼，那石窟般的房間冬日潮濕而溫暖，夏日則冷涼一如石室之死亡。這冷涼的石室在整個漫長的夏日裡，薄鱗般地覆蓋著我的皮膚。學校附近的學生們在這空得幾乎要掏出洞來的假期裡，皆草原馬鹿般地原地大批消失了，只有亮晃晃的街道，曝曬著發光而蒸騰的柏油。地面是那因烘烤而捲曲的城市，海市蜃樓般地。我把自己終日閉鎖在陰涼的地底，直至天黑，而終致將自己的鱗片蔭成了一種過曝的白。

過曝的白。五官醃製在地底房間的甕裡，日久竟也成了一種永生花似的紙白。日光下一捏就碎，凹折鋒利且刮人，如同年輕的自己。二十數歲的夏天原來是過不完的。比如手裡拿著六十張鈔票，一日隨性紙屑般地丟掉一張。洋洋灑灑的白日是這樣長而揮霍，是不與世人共擠同一匹機杼的寬綽。保自己仍有在天黑以後的夏天裡，一片一片整理鱗片水漬的可能。

然而，三十數歲以後，背袋裡萊辛的《天黑前的夏天》，其實是另一則跟夏天有關的故事。倫敦郊區的一個再普通不過的主婦女子，暑假來臨，孩子與丈夫都各有計畫，但這些計畫沒有包括她。他們的房屋要在假期裡出租，且租賃人家即刻將要到來。女子忽然驚覺自己原來是一可有可無之人，眼前的夏日遂空曠得像是懸崖了起來。於是她踏上了一個人的旅程。在歷經了天黑之前展開的冒險與故事後，有了一個幾乎所有離家出走的主婦最終在小說裡皆要踏上的終局：提起行李箱，走到公車站，回自己的家去。《天黑前的夏天》原來是關於一個在夏晝裡醒著的人，如何捱過漫長白天的故事。

我想起童年時住在亞熱帶的南方，一年裡四分之三的漫長夏天，長而又長的白晝，黃昏時烤得門前的柏油馬路都熱融融地。母親為了不讓父親下班後與朋友去應酬喝酒，總會在傍晚四點鐘左右的時間，將我從午睡的惺忪中搖醒，要我打電話到父親的公司去。

「告訴爸爸說你生病了。叫他快點回家。」母親命令我。

幾次以後我終於生氣地拒絕了母親。嚴正地說：

「我沒有生病，我不要打這個電話。」

天黑前的夏天，甫過三十歲的母親，那時在想些什麼呢？在天黑前的夏天，沿著一條逐漸發暗的道路散步回來。二十數歲的夏天，奢豪地在地平線的彼端燃燒殆盡，終於燒成了天黑之際，最後一抹藍悠悠的光。而那些電話的彼端，和我們共度同一個日暮的父親，又在想些什麼呢？父親總是在話筒的彼端說：很快我就回去了。是在許多年以後我才知道，這話並不是對我說的。

故鄉的重量

寺山修司的電影，陪我渡過了二十世代最為晦暗的時光。不單單是因為那些彩虹顏色的畫片，流浪馬戲團。面塗白粉的氣球女來到我昏昧的夢中。是寺山的電影教會了年少的我，只有在沒有光的地方，夢境才會發散出那種琥珀色的光澤。

夢裡是燠熱的南方。是我所來的故鄉。不是寺山的東北。我第一次去日本時，就想去青森。想去那有著血色湖泊的恐山，如同電影裡說的：「在土裡不斷掘出母親的梳子。」兩千年初在重慶南路的秋海棠（現已倒店）買回來的片子，簡體版的翻譯讀起來怎樣都有一種意味不明的感覺。什麼是「掘出母親的梳子」？那是詩吧。是那中國版的翻譯體不經意流洩的詩意？還是同樣持有詩人身分的寺山對母親的低喃？後來我沒去成青森，去了一趟東京。在谷根千的下町一帶閒晃時，不經意繞進了某座有著戶外樓梯的公寓，竟就這樣撞見了名為「天井棧敷の人々」的喫茶店。

谷根千的午後一派無人，喫茶店的白日休業，我彎低下身，從緊閉的玻璃門窗向內窺看，卻只能在反射的光影中，看見自己倒映在窗上的臉孔。四十七歲死去的寺山修司，會知道這個他生前所創生的劇團，已然改頭換面，重組為「萬有引力演劇實驗室」，一代一代的劇團演員離開、死去，而迄今仍在不斷重演他當年的腳本嗎？我記得那些劇場式的短篇電影《疱瘡譚》、《身毒丸》、《番茄醬皇帝》，都有天井棧敷的蹤跡。如同他每部片中都如影隨形的配樂師 J. A. Seazer，新高惠子與蘭妖子女妖般的歌聲（啊「蘭妖子」這名字也多麼魔幻寫實），還有那部迄今已被我翻看得光碟磁面皆滿布刮痕、幾乎背誦得出臺詞的《死者田園祭》？腰間纏繞著青蛇的女人，侏儒，坐在電線桿上的男子，飛墜的時鐘，死去而下體流血的水手服女孩……

那不僅僅是寺山修司的自傳，有時竟也在影像的恍惚之中，而被移植成了我的。如同電影裡的男人所說的：「用這雙眼睛看著，即使沒發生過的事，也能出現在記憶之中。」雷陣雨下來之前，有一個化鳥一樣的男子，鵠一樣地佇立在矮窗前。矮矮的林投樹叢像貓一樣地蹲踞著。一切都陰翳了下去。這是我真正見過的風景?還是那反覆的述説裡,藉由我的話語所招來的夢境?

年輕時的我總迷惑於那些榻榻米下的恐山,彷彿通往另一個次元的路徑。更年幼一點的我也和寺山一樣,住在南方某一偏遠小村,日夜懷抱著離家出走的夢想。午夜的被窩是幻想的山洞,在睡眠襲來之前,有船停泊,船上的人問我:「要不要一起去很遠的地方?」夢境挾帶著睡意就這樣恍惚地開始了。日後在《幻想圖書館》裡讀到,年少時的寺山因為父親離家去作戰,於是每每在村子裡遇見那種因戰爭而四肢皆被截去、像蟲一樣活著的男人時,總將他們想像成是父親的模樣。

父親大概是戴上面具、塗抹粉彩,跟隨馬戲團重新回到這裡來了。而那另一個遠在記憶之初的無臉的父親,則剛從他的畫布裡離開(他也許出門散步去了)。永遠不在。永遠地遺失與空白。日後我在學院裡的寫作課上恍然領略,不在場的事物就是詩。所謂的詩,就是鬼魂。而母親呢?母親像是這鬼魂般的故事裡沙沙作響的陰霾與雜訊,一片烏雲那樣地干擾著虛構敘事的行進。白日忽然被遮蔽了。年少的主人公「我」被成年後的「我」派去殺死母親以改寫自己的歷史，此一行動失敗了。成年的「我」獨自回到老家，與母親日常一樣地對坐吃飯，彷彿什麼也沒發生過。寺山藉電影主人公的自問：「無論怎樣都下不了手，所以這僅僅是電影罷了。」、「但在僅僅的電影之中，連一個母親都殺不了的我自己，又究竟是誰呢？」這個看似挫敗的宣言，其實是推動著寺山那表演性強烈的虛構敘事一次次捲土重來的影像驅力罷。殺不死的母親。圖騰般的原初影像。生命最初的拉鋸與搏鬥。在寫作的荒原上。《死者田園祭》的最後一幕，是老家的四面牆壁箱子般地打開倒下，「我」與「母親」所對坐的，已然是七〇年代高樓矗立的東京街頭了。

我不知道我的寫作朋友們在這一幕前，是否也和我一樣，像忽然被什麼哽塞？他們是否也曾在自己的抽屜裡，藏匿過一枚黑太陽？那樣一枚做壞也似的黑色太陽，贗品一樣地在白日裡緩緩爬升，爬上了正午的天空，像是天空裡忽然破掉的一個洞。它的存在就是它自己的消失。在那遙遠的山邊老家（柏拉圖的洞穴裡？），陰暗的老舊房子，當我第一次學會「幻想」這個技術時，童年的我究竟學會了什麼呢？感覺不幸的事，幻想它快樂就可以；那麼感覺痛苦的事，在睡前的腦海裡，把它殺掉也可以。有時我幻想整個世界的人都死掉了。末日來臨。學校死掉。老師死掉。同學一個接著一個死掉。故鄉的草木倏忽凋萎衰蔽……還有父親與母親。腦海裡浮現母親死掉的畫面時，我啪一聲地關上了幻想的箱子，忽然湧上羞恥與罪惡。

每年都在課堂上放這部片。《田園に死す》。我的學生看完都問我，老師你有什麼事嗎？他們驚詫於電影混亂的敘事，恐怖的意象，對於片尾少婦強暴了少年的性啟蒙覺得不忍卒睹。他們十八歲，出門遠行。臺灣那麼小，高鐵那麼快，十八歲出門遠行也是一日生活圈。故鄉已然是個過氣的詞彙。

可是我始終記得，十八歲時看的那部電影裡，寺山的短句：「拿吸過的菸草指向北方；北方若是暗黑的，就看不到故鄉了。」菸草的前端燃盡蒂落，終成一截灰燼，是故鄉的重量使之墜落？在名之為前衛、實驗的寺山的電影裡，夢境理應輕盈。然而撥開詩與夢的雲霧，那伸出手去什麼也抓不到的內裡，卻有著鉛錘般重量的核心。故鄉是個永恆的夢境。儘管它有時挫敗得像個噩夢。像有誰拿著一把袋子將我兜頭罩下。感覺窒息的時候，我有時就用菸草指向南方。

花事了

我童年時識字極晚，是到了小學以後才學會寫自己的名字。識字多了，總覺得每個字都是一個人的形貌，不可隨意搬動，具有絕對性。瘦長胖短。「花」字就是兩枝插在瓶裡的花，「童」字上的「立」字則是小學生戴了頂黃帽子。有時字看得久了，筆畫撇捺全火柴般地散了開來，忽然不像那字了，童年時的我經常盯著寶特瓶上的一、兩個字看，把它們看成不像它們自己後再全部丟棄，這是我孤僻的年紀裡只有我自己一個人知道的遊戲。

長大以後搭車，在國道上看那些路上的汽車。那些車子的車燈久看也像一張臉，而且真的是各有憤怒或急躁的表情的。有些車一看像是好人，充滿善良溫馴表情，果然闖起紅燈也慢吞吞地。常言說文如其人，我卻常覺得車子有車子自己的心，不是車肚子裡的我所能知道的。

而長年在鍵盤上駕駛著字的我，又是什麼呢？我常把這兩件事搞混在一起，把自己弄得糾結莫名。不知為何打字這件事對我來說總有一種開車的感覺。我常覺得字裡洞開著一個體腔，既屬於我，有時又不屬於我。有時這體腔黏膜黏合著我，使我變成它的一部分，我也就變成了字的心。駕駛著它。車速快了，犁了田，把自己弄得痛了。是字使我疼痛。如同跳舞。你該如何去分辨跳舞的是腳還是你自己？也許寫作這工作有點類似一種體操。我日日面對的一片反光的空白Word就是操場。書寫是勞動的一種。

長成需要工作的年紀，實是難以向人去交代這究竟是一種怎麼樣的勞動。他人看你勞而不獲，老向你究極字的價值與意義。學生時代仍可蒙混過去，畢了業，踏出校門，總有一張切切實實的表要填。表格上的抽屜各自歸納著某一時期你所做過的所有事。然而這勞動實絕大多數時光皆如卡夫卡的絕食表演者，日常裡做著那叫不出名字的演出。表演什麼？表演飢餓吧。絕食表演者說如果我還能表演別的，我絕不表演餓。每天我起床，切開熱水瓶的加熱按鍵，在書桌前聽那滾沸的聲音慢慢醒來，在蒸氣的霧裡觸摸字，感覺一種腔調慢慢降臨。這究竟是一種工作？抑或是一種日常生活？我願意比較好的說法是這是生活裡刨挖開來的一個凹洞，把我一根肥大渾圓白色蘿蔔般地密密鑲嵌進洞裡。沒有縫隙。我的裡面就是外面。於是我是如此眷戀著那些寫作時光裡房子裡的一切物事。房屋不必華美，但需要密閉如同紙箱。箱中洞開一個體腔，我可以俄羅斯娃娃般地打開一個又一個字做的罐子，把心一層一層地掩埋起來。如同信號。夏日裡開一小扇窗，能眺望晴而高的天空。冬日則必有暖爐。不為溫暖，而是爐子裡發散的昏黃光線之故。地板必須有貓長年橫躺癱瘓，最好昏迷。我每日買回一冰箱的優格與茶葉袋，沖泡式濃湯（這東西在某次京都旅行的超市偶然被我帶回了整整一行李箱），便利商店水煮茶葉蛋（我有時真的過分依賴這個便利的蛋白質），保我永世無須出門，不用超渡。某一自給自足地。

我最好的寫作時光，是在木柵深處的一條河旁。無有友朋，無有應酬。想來那奢侈的兩年沒寫出多少字來，但真是把時間當作紙鈔那樣日日揮金似土地，一日一張地耗費著的。晨時入睡，黃昏起床。在夜半的河邊散一小段長長的步，一直走到動物園的長頸鹿煙囪底下，再頂著整片星星的夜空回家。什麼都沒寫的夜晚，卻感覺什麼都已經寫了。說到底書寫不過是一種立地。是腳下的一方土地踏踏實實地站得穩了，說自己的話。成不成佛端看放不放得下屠刀。又或者刀刀砍的最終是自己，箱裡來的箱裡去。

於是那箱子表面的雕花紋路，便是用這日日敲打的十根指頭，一根一根地踩踏出來的。伴隨痛感或快感，更多時候是一種暈眩的旋轉。我想起小時候父親買給我的音樂盒子（對一個十歲的小孩而言它究竟是一種玩具還是一種祈禱？），打開來就有一個站立著的芭蕾舞者，永遠旋轉，永遠歌唱。在蓋上箱子的瞬間，她安靜了。

她安靜得像是從來沒有存在過。喉頭鎖得很緊。齒輪鬆脫。身體骨架喀啦喀啦摺疊在箱底。那麼我又是誰呢不唱歌的時候？這問題如同音樂盒裡的一顆齒輪去問芭蕾舞者：我是不是你的心呢？桃樂絲的夥伴機器人。體腔封閉著體腔。如果心是聲音。我喜歡的歌手唱到了三十六歲，灑脫揮手：如果我不唱了，請把我忘了。

最後一首曲子停留在〈花事了〉。唱盤的指針停滯，畢竟開到了荼蘼，便是意義的終局了。如同那些遺留下來的字，在幾次搬家的紙箱裡，被河流般地流送到下一個房間。像是大隊接力。像小時候綜藝節目裡玩的一個遊戲：將一句話從隊伍的最前方不斷傳下去，啊多麼九〇年代的笑話它們最終在話裡變成了另一句話。像是從黑色的魔術箱子裡抓出了鴿子與兔。那變化本身比家具更為堅固，有時像是回憶的一種骨架。你曾經愛過的人想起他的五官起伏如同等高線地形圖，他的臉像一句話被從隊伍的最前端傳來，每回憶一次他的鼻梁便傾塌了一度。但他老舊的灰色MANGO毛衣外套沾染著紙菸的氣味，袖口髒汙的顏色，黑顏色的兩個髮旋，不知為何，卻像是一個謊般地被留存下來了。我年輕時代的糾結：字最終不過是一種比較清澈的謊，帶來一種比較清澈的罪。它們日日在我童年的日記裡遊戲，編造天氣。不存在的晴日的郊遊，體育課的短跑比賽，永遠無人出局的躲避球遊戲，一個未曾謀面的朋友。如今想來，那或許是寫字的開始？但我想不起童年時代的某一個下午，我究竟把最初的心，像時空膠囊般地存放到哪一個字裡去了。如今那字散落凌亂地遍布在我日日操演的電腦螢幕之上，像面塗白粉的能劇之人，混進了愈來愈多的棋子般的臉裡，使我愈發混亂而分辨不出了。

年與它的剩下

高雄的冬日很晴朗。草木在山坡上黃黃的，被夕陽晾得好乾好乾。我們去加水站買水的時候，就會途經那一片坡。黃昏的日光斜斜地曬進縫隙，把草叢變成了手指，可以遮掩眼睛。我們投幣，十塊錢在加水站的機器裡發出清脆的哐啷聲。好像許願。好像許一個願去祝昨天與今天沒有任何的差別。四周的風景薄薄的，土地公廟矮矮的，冬日的盡頭就被吞含在地平線裡了。

高雄的過年究竟是什麼呢？偶然被問到這個問題時，微微地發了怔。不僅僅只是因為那昏昧而模糊的界線，常常把時間的線條滌蕩開來；在許多回憶裡，我的確是像一隻金黃色的老貓那樣地，懶散地被那烘烤得太暖的日光給渡進了另一年的。不需返鄉移動，不需國道塞車，只要趴著懶著，因為我們自己就住在他人的老家。過年是一種收集硬幣人頭的概念。吃角子老虎機那樣地。叔叔一家。姑母一家。袋子一樣地把他們暫時收起來。單位的聚集。單位的移動。好像五塊錢硬幣一疊。十塊錢硬幣一疊。

小我半輪的堂妹堂弟們來時，老有一種尷尬的氣息。他們來時都穿戴好新衣了。只有賴床剛踏出房門的我，穿著居家的睡衣，很害羞地趕快躲進了浴室裡。我曾經在多年以後的一位朋友那裡，聽說他過年回南投老家時，總忍挨著兩天不洗澡的事。「老家的浴室很舊，有一種肥皂混合著地磚裂縫的氣味。聞著像土，又有一種土腥味。」我沒有跟友人說，我就住在那樣的老家裡。不知道從城市遠來的堂弟堂妹們有沒有害怕過這房子裡的一間廁所，一幢昏暗的房間。有幾年那房間裡躺著老病將死的祖母。年有時也是挨著過去的。

無論如何，除夕的夜晚過後，這些人頭硬幣，遂隨著午夜十二點價響的鞭炮聲，一一地遠去了。餐桌上杯盤狼藉，都是殘羹餘燼。屋裡變得異常安靜。只有春節的電視節目還在持續地上演著。總是張菲。總是胡瓜。年好像這一刻才真正開始。這些剩餘的菜餚在往後的幾天裡，必須加熱，必須重新被煮，增添新的丸子與白菜。必須被烘煨得像是浸燉了一整個冬天的氤氳。年是剩下的東西。

剩下的日子。彼時是父親還尚年輕的時代。我們總是在新年的第一天裡，開車到處旅行。父親有一臺淺藍色裕隆車。有一年我們開它上梅山。有一年我們在阿里山的下山途中拋了錨，在公路的路肩擱淺著等一臺經過的便車。在父親的小小車廂裡，他總是邊握著方向盤，邊提議等下去哪個地方拜訪誰誰誰吧。而總是被母親以「你就是這麼愛打擾人」回了嘴。母親其實是不想別人來打擾她。她很煩過年。

儘管如此，高雄的過年是很乾爽的。有時像是一把俐落的剪刀。我們回到了外婆家。在大年初二的時候，別人的老家也成為了我們的目的地。這真像是一種交換幸運信的遊戲。年節的消極性意義是：把自己轉寄給十個人，就不會有不幸的事發生。外婆家在隔壁鎮上，一個古名叫做「老鼠洲」的地方，四周種滿芭蕉。在蕉園裡的彎曲巷弄中，有時外婆會被發現在某一幢低矮的房子裡，和村民們玩著一種叫做「老鼠牌」的遊戲，而和初初回家的女兒母親，因此有了細瑣的口角了。據説冥王坐四宮，家也會是一場賭局。而年與賭局，何嘗不是一種剩下呢？我和妹妹，於是在那乾爽得像是壓花的天氣裡，慢慢地移開，慢慢地，從這條巷弄晃蕩進另一條巷弄裡，遠離了那蕉園屋子裡細碎的爭吵聲。芭蕉園靜靜地，偶爾聽到蕉園裡有誰踩踏著鋪在泥地上的灰白塑膠墊的聲響，窸窣窸窣地。那是被節日所剩下的什麼東西？

這些都是刺點，穿刺在一張沒有時間標記的照片裡。銀鹽的顆粒使它顯現。只知道是過年，卻從不知道過的是哪一年。那時父親真是年輕。我與表妹真是小。姑母家的磨石子地板磨得黑而發亮。父親就這樣在那張相片裡，抱著穿戴著金黃厚棉背心的我，穿過了一年又一年，直至他的膝蓋再不能彎曲。只有某些東西被留下來。年節裡，我最喜歡的，還是大年初八的深夜了。可以不必在規定時間上床睡覺。可以在電捲門放下來後的屋子裡，看母親在只留一盞黃色燈泡的廚房裡煮甜糯的湯圓，炸油香的紅豆年糕。

初八一過了午夜，就是天公生了。莫名地，從遠處的村口，會傳來漸漸靠近的鞭炮聲。我童年的年節，好像年年都在此刻結束。以洪亮的聲響，遮掩著年的凸起與凹陷。將它們炸得很乾很平。年結束的時候，比它開始時來得讓我興奮。我好像一直都是一個這樣的孩子。在開始的時候漫不經心，等到所有人都疲倦了的時候，才忽然緩慢地高興起來。

新年快樂。新年快樂。不知是遲鈍還是少了一根神經。冬日結束前，還有一哩路要走。不快樂是不行的。

九　歌　文　庫　　1　2　9　2

沒有 的生活

國家圖書館出版品預行編目（CIP）資料

沒有的生活 / 言叔夏著 . -- 初版 . -- 臺北市 : 九歌 , 2018.09
224 面 ; 14.8×21 公分 . -- (九歌文庫 ; 1292)
ISBN 978-986-450-206-6(平裝)

855　107012444

作　　者——言叔夏
責任編輯——崔舜華、蔡琳森
創 辦 人——蔡文甫
發 行 人——蔡澤玉
出　　版——九歌出版社有限公司
臺北市 105 八德路 3 段 12 巷 57 弄 40 號
電話／02-25776564・傳真／02-25789205
郵政劃撥／0112295-1

九歌文學網　www.chiuko.com.tw

排　　版——小魚
印　　刷——晨捷印製股份有限公司
法律顧問——龍躍天律師 ・ 蕭雄淋律師 ・ 董安丹律師
初　　版——2018 年 9 月
初版 5 印——2024 年 5 月
定　　價——280 元
書　　號——F1292
I S B N——978-986-450-206-6

本書獲 財團法人|國家文化藝術|基金會 文學創作補助